지금 이 순간을 후회 없이

전 세계 100만 부 이상 판매된
《죽을 때 가장 후회하는 다섯 가지(원제)》의
저자가 전해주는 삶의 지혜 52

지금 이 순간을 후회 없이

브로니 웨어 지음 | 홍윤희 옮김

Your Year for Change

한국의 독자들에게

Hello, I'm Bronnie Ware.

I'm the author of 《Your Year for Change》.

This book is a collection of 52 short stories to keep you focus on what is important in your life and help you live a regret-free.

Because living regret-free means more joy and more happiness.

It's specially great for you if you are busy and you just like to pick up a little bit of an inspiration to keep you focus on what is important for your heart and it will carry you along and support you in your journey for regret-free living.

I love this book and I'm sure you will too.

안녕하세요, 브로니 웨어입니다.

《지금 이 순간을 후회 없이》의 저자이죠.

이 책은, 당신 인생에서 중요한 것에 계속 집중하고 후회없는 삶을 살수 있도록 도와주는 52가지의 짧은 이야기를 모은 책입니다.

후회 없는 삶이란 더 즐겁고 더 행복한 인생을 의미하니까요.

당신이 바쁘거나 혹은 당신이 마음속으로 중요하게 여기는 것에 집중할 수 있도록 그저 작은 영감이라도 얻기를 원한다면, 이 책은 특별히 당신을 위한 것입니다. 이 책은 당신과 동행하며 후회없는 삶을 위한 당신의 여정을 응원할 거예요.

제가 이 책을 사랑하듯, 당신도 그렇게 될 것이라 믿습니다.

한국의 독자들에게 보내는 메시지를 영상으로 만나 보세요.

들어가며

어린 시절은 전체 삶을 돌아보면 매우 짧은 기간이지만 인생을 결정짓는 데 이만큼 중요한 때도 없다. 돌아보면 유년기는 총알처럼 빠르게 지나간다. 하지만 그 시기를 살고 있는 아이에게는 마치 영원처럼 천천히 지나가는 시간이기도 하다. 내 어린 시절도 그랬었다.

나는 운 좋게도 큰 농장에서 유년기를 보냈다. 말을 타기도 하고 마굿간 주변을 어슬렁거리면서 몇 시간을 보내곤 했다. 거대하고 끝이 보이지 않는 하늘이 젊은 여인으로 커 가는 나의 성장 과정을 지켜보았다. 그러나 그 성장 과정에서 나는 새로운 세상을 향해 탈출하고 싶어 안절부절못하기도 했었다. 탈출하고 싶다는 느낌은 마음속 조바심을 겨우 다스릴 수 있을 때까지 나에게서 떠나지 않았다.

나는 분명히 복 받은 어린 시절을 보냈다. 하지만 가족 구성원

중 난 별종이었기 때문에 어린 시절 내내 끊임없이 놀림거리가 됐다. 그래서, 독립적이면서도 자연에 대한 깊은 애정을 갖게 됐지만, 청년기로 접어들 때까지 상당히 고통스러운 시간을 보내기도 했다.

농장을 떠나 도시로 온 나는 은행에서 첫 커리어를 시작했다. 은행에서 일하는 건 실용적이기도 했고 남들이 내게 기대하는 삶이기도 했다. 그러나 마음속 조바심이 스멀스멀 기어 나왔다. 여러 번 직장과 사는 곳을 옮겨 다녔다. 어릴 적의 고통은 결국 나를 예술가의 길로 인도했다. 처음에는 사진을 찍고 글을 썼으며, 나중에는 곡을 쓰고 노래하게 됐다.

음악과 함께 성장하던 이 시기에 나는 한 할머니 댁에서 입주 돌보미 일을 하게 됐다. 처음에는 이 일이 내 마음의 상처를 치유하는 데 도움이 될 줄은 생각조차 하지 못했다. 더불어 내 작품을 만드는 데 큰 역할을 하게 될 것이라고도 상상하지 못했다. 이 길로 나를 이끌어 온 모든 발걸음, 고통스러운 과정조차도 감사히 여기게 되었다. 그만큼 더 큰 기쁨이 기다리고 있었기 때문이다.

이후 8년간 완화치료(환자와 가족의 삶의 질 향상을 목적으로 하며 환자의 신체적, 정신적, 사회적, 영적 문제를 들여다보고 고통을 완화하는 치료 _ 옮긴이 주) 영역에 종사하면서, 나는 죽어가는 사람들의 머리맡에서 아주 길지만 특별한 시간을 보냈다. 나는 이들이 최대한 편안하고 평화롭게 삶의 마지막 순간을 준비하도록 돕는 역할을 했다. 일어나 활동하기에는 너무 아팠던 이들은 깨어 있는 대부분의 시간 동안 침대에 누워 이야기를 나눌 수밖에 없었다. 이야기는 계속 이어졌다.

자연스럽고도 솔직한, 내밀한 대화가 강물처럼 흘렀다. 죽음을 앞둔 이들은 시시한 이야기로 시간을 낭비하는 일이 없었다. 이들은 시간이 얼마나 소중한지 깨달았기에, 살아 있는 시간을 최대한 효율적으로 쓰고자 했다. 나에게는 다행스럽게도, 이들은 자신의 마음속에서 우러나오는 이야기를 들려주는 데 시간을 썼다. 이 일을 하는 동안 환자들이 반복적으로 들려주는 공통적인 주제의 이야기를 맞닥뜨리기 시작했는데, 삶이 공통적으로 보내는 그 메시지를 나는 외면할 수 없었다. 죽음을 앞둔 이들은 모두 후회하고 있었다. 그 후회가 큰 고통과 좌절을 가져오기도 했다.

이 특별했던 시간을 돌아보면, '후회'라는 주제가 개인적으로 나에게는 가장 큰 영향을 끼쳤다. 그 주제가 너무 자주 등장했기에 내 마음속에 강한 인상을 남기지 않을 도리가 없었다. 죽음을 앞두고 후회가 없다고 말하는 사람도 있기는 했다. 그런 사람들은 비교적 평화롭게 자신이 걸어온 인생의 선택을 받아들였다. 그러나 훨씬 많은 사람들이 후회거리를 갖고 있었다.

온갖 종류의 후회가 있었지만, 그중에서도 익숙한 주제들이 종종 등장했다. 내가 돌봤던 사람들에게 가장 공통적인 후회거리는 다음과 같았다.

1. 남들이 나에게 기대하는 대로 살기보다 나 자신에게 충실한 삶을 살 용기가 있었더라면······.
2. 그렇게 열심히 일할 필요가 없었는데······.
3. 내 감정을 솔직히 표현했어야 했는데······.
4. 친구들과 계속 연락을 했어야 했는데······.
5. 나 스스로에게 조금 더 행복을 허락해도 되었을 것을······.

돌보며 깊은 정이 든 이들을 지켜본 경험 덕분에 나는 어려울 수도 있는 결정을 내릴 힘을 얻게 됐다. 너무 늦었다는 후회가 깊은 상처를 남긴다는 점을 너무나 잘 알게 됐기 때문이다. 죽음으로 향하는 과정을 통해 삶에 대해 알아가게 된 셈이다.

나의 첫 번째 완화치료 고객이었던 루스를 돌보는 과정에서는, 쉽사리 지레짐작하지 않는 것이 얼마나 중요한지 깨달았다.

루스의 가족은 내 방식과는 다르게 다가오는 죽음을 맞이하고자 했다. 하지만 나는 그들의 선택을 이해하고 존중하게 됐다.

또 다른 환자였던 스텔라와 나는 죽이 잘 맞았다. 스텔라는 내게 훌륭한 선생님이기도 했다. 포기하는 것의 중요성을 함께 되새겼다. 서로의 인생에 각자가 어떤 역할을 했는지 이야기를 나누기도 했다.

그레이스는 내 마음속에서 언제나 가장 가까웠던 사람 중 하나로 남아 있다. 자신만의 삶을 살아갈 용기를 갖는 것이 중요하다며 슬픔과 후회를 나눴던 그레이스. 나는 나만의 삶을 살겠다고 매일 다짐하면서 그녀를 기리고 있다.

앤서니는 환경 때문에 불행한 삶을 살았다. 우리에게 선물처럼 주어진 선택을 하지 못하면 어떻게 되는지를 보여 주는 슬픈 삶이었다.

플로렌스는 자신이 내게 선생님 역할을 하고 있다는 점을 알지 못했다. 그녀는 감정적인 고통이 스스로에게 얼마나 많은 한계를 만들어 내는지를 몸소 보여 주었다. 나는 플로렌스를 돌본 이후 그런 한계를 없애기 위해서는, 동정심과 정신 수양이 필요하다는 점을 깨달았다. 즐겁게 살아야 한다는, 자연스러운 인간의 권리를 누려야 한다는 점도 알게 됐다.

존은 멋진 사람이었지만 죽기 몇 달 전에는 후회로 가득 차 있었다. 존은 일을 너무 중요시 한 나머지 일과 삶 사이의 균형을 간과했다며 후회했다. 어느 날 해질녘, 자신의 삶을 무거운 마음으로 되새기면서 존이 깊게 내쉬던 슬픈 한숨을 나는 잊을 수가 없다.

펄은 내게 두 가지 중요한 교훈을 줬다. 긍정적으로 행동할 것, 그리고 받아들일 것. 펄은 삶의 가르침을 온몸으로 받아들였고, 훌륭한 마음가짐을 가진, 멋진 인생 선생님이기도 했다. 펄은 자신이 걸어온 길에 깊은 신뢰와 믿음을 갖고 있었고, 주변 사람도 자신처럼 생각할 수 있도록 영감을 줬다.

찰리는 알면 알수록 기분 좋은 사람이었다. 몸이 허약하고 고통이 심했지만, 찰리는 죽음 직전까지도 강한 정신력을 유지하고 있었다. 그는 '심플하게 살자'는 교훈을 계속 되뇌었다. 심플한 삶을 살면 더 여유로워진다는 게 그의 지론이었다. 찰리가 옳았다.

조세프에게는 툭 터놓고 얘기하는 것이 쉬운 일이 아니었다. 조세프는 자신의 가족이 진정한 자신을 잘 몰랐다는 후회를 안고 숨을 거뒀다. 그의 삶에는 솔직함과 열린 대화가 존재하지 않았다. 그러나 죽기 몇 주 전, 조세프는 가족들에게 솔직하게 이야기하고 싶어 했다. 슬프게도 조세프는 할 말을 다 하지 못하고 세상을 떠났다.

주드는 내가 돌본 사람들 중 젊은 축에 속했다. 주드는 용기, 솔직함, 자신에게 충실한 삶을 살아가는 것의 중요성을 알려 줬다. 그녀는 죄책감을 벗어던지는 것이 중요하다고 생각했다. 죄책감이란 삶에 있어서 옳지도 않고 불필요하다는 게 주드의 주장이었다.

낸시를 통해 나는 지레짐작이 얼마나 쓸데없는지 알게 됐다. 그녀는 몸과 마음이 모두 아팠는데, 그 와중에도 나를 끊임없이 놀라게 했다. 상대방이 입을 열어 이야기하기 전까지 그 사람이 어떤 생각을 하는지 우리는 절대 알 수가 없다.

죽어가는 사람들은 생의 마지막 시간을 최대한 충실하게 살아가고 싶어 한다. 가능하다면 유머도 즐기고자 한다. 그렇기 때문에 오래된 친구들과 연락이 닿는 건 중요했고, 그럴 수 없었던 이들은 후회했다. 도리스는 옛 친구 하나를 천신만고 끝에 만난 후 평화롭게 잠들었다. 불행하게도 나머지 친구들과 연락을 하기에는 그녀에게 남은 시간이 너무 짧았다.

엘리자베스는 간절히 원하면 얼마나 자기 자신을 변화시킬 수 있는지를 보여 주는, 성장 잠재력의 좋은 사례였다. 그녀는 절망한 알코올 중독자에서 함께 있으면 즐거운 사람, 내게 가장 많은 영향을 준 인생 선생님으로 탈바꿈했다.

해리 또한 우정의 즐거움을 알려 줬다. 훌륭한 인생 선생님이기도 했다. 그는 행복을 위해 시간을 따로 떼어 놓아야 한다고 주장했다. 마음이 간절하게 원하는 방향으로 가야 한다는 것이었다.

행복하기를 선택할 수 있음을 깨달은 후 로즈메리의 삶은 바뀌었다. 그녀는 자신이 행복할 권리가 없다고 믿었었다. 후회하며 자신의 삶을 돌아본 로즈메리는 자신이 삶에서 내린 결정들의 긍정적인 점을 찾아냈고, 죽기 몇 주 전 드디어 행복한 시간을 보낼 수 있었다. 아름다운 광경이었고 옆에서 보고 있던 나도 마음이 열리는 경험을 할 수 있었다.

캐스는 현재에 만족하고 하루하루에 감사하는 것이 얼마나 중요한지를 깨닫는 미션을 수행하고 있었다. 그녀는 항상 미래의 그 무엇을 쫓다가 많은 것을 놓쳤었다. 바로 오늘이 얼마나 아름다운지 미처 깨닫지 못했던 것이다.

레니는 훌륭한 인생 선생님이자 온화한 사람이었다. 내가 알았던 사람 중 레니만큼 관점의 중요함을 알려 준 사람도 없었다. 그의 삶은 어려움과 슬픔의 연속이었지만, 그는 현명하고도 수용하는 마음으로 자신의 삶을 관조했다.

이들에 대한 더 자세한 이야기와 이들과의 경험을 통해 나의 삶이 어떻게 변했는지는 전작인 《내가 원하는 삶을 살았더라면 The Top Five Regrets of the Dying》에서 다루었다. 죽음을 앞둔 이들을 통해, 또한 미래에 다가올 나의 죽음을 솔직하게 들여다봄으로써 배울 수 있는 것이 참으로 많다.

내가 알게 된 가장 큰 교훈은 이렇다. 후회 없이 살려면, 또 자신의 삶을 평화롭게 받아들이기 위해서는 평소에 꾸준히 견지하는 가치와 행동 양식이 있어야 한다는 것이다. 그런 삶을 일구기 위해서는 ─ 말 그대로 삶은 일궈야만 하는 성장의 과정이다 ─ 새로운 습관을 가져야 한다. 후회 없는 삶을 살려면, 의식적으로 용기, 희망, 감사, 믿음, 솔직함, 공감 능력, 긍정적인 마음가짐, 건전한 행동, 신뢰, 존재감, 변화를 수용하는 마음, 자기애, 자기 존중감, 마음이 원하는 방향을 존중하는 태도를 길러야 한다.

이를 염두에 두고 지금부터 내 삶에 일어난 52가지 이야기를 나누고자 한다. 각각의 이야기에는 메시지가 있다. 후회 없는 삶을 만들어 가기 위해 필요한 것을 일깨운다. 죽음을 앞둔 이들이 내게 가르쳐 준 것은, 인생에서 큰 사건을 겪으며 삶의 교훈을 얻기도 하지만 일상 속의 소소한 일들이 인생의 가르침을 주기도 한다는 점이다. 인생이 보내는 메시지를 수신하려면 눈을 크게 뜨고 마음을 열어 놓기만 하면 된다. 인생에서 중요한 가르침은 아주 작은 사건에서 얻기도 한다.

그저 평범해 보이는 일상생활이 보내는 작은 신호를 알아챌 수 있다면 당신은 진정으로 삶을 소유할 수 있게 된다. 그런 깨달음은 기쁨이 되고, 당신의 권리이기도 하다.

이 책에 실린 52가지 이야기는 누구나 삶의 기력을 찾고, 기쁨을 발견하며, 인생에서 올바른 선택을 해 나가는 것이 가능하다는 점을 깨닫게 해 줄 것이다. 이 에세이는 내 삶의 궤적을 따라 써 나간 것이지만, 나누고자 하는 메시지는 누구에게나 유효하다. 이 중 일부는 내 블로그인 '영감 그리고 차이티 한 잔Inspiration and Chai'에서 발췌했다. 일부는 블로그 글을 각색했다. 블로그에서 시작했지만, 책에 맞도록 방향성을 바꾸기도 했다. 다른 글들은 책을 위해 새롭게 쓴 것이다.

이 책의 이야기들은 시간 순서대로 작성된 것이 아니다. 사계절의 흐름을 정확히 따라가는 것도 아니다. 하지만 의식적으로 에세이 순서를 배치하여 각 이야기의 메시지를 강조하기도 하고, 각자가 생각할 여지를 남겨 놓기도 했다. 삶은 다양한 교훈으로 가득하고, 이런 교훈은 다양한 각도에서 볼 수 있을 테니 말이다.

당신은, 이 책에서 어떤 변화의 메시지를 읽더라도, 어쩌면 처음에는 마음속으로 이에 저항할 수도 있다. 당신 자신의 삶을 의식적으로 조절하려고 하기 때문일 것이다. 이런 이유로 나는 이 책에서 의도적으로 어떤 특정한 메시지를 반복하기도 한다. 그렇게 함으로써 중요한 교훈을 계속 마음속에 쌓아 나가고, 더 깊은 영혼의 단계에서 자기 자신을 이해할 수 있게 돕고자 한다.

이 책은 1년 동안 옆에 두고 한 주에 하나의 이야기를 읽고 생각할 수 있도록 구성되어 있다. 처음부터 끝까지 한꺼번에 읽고 싶다면 그렇게 해도 된다. 그러나 일주일 단위로 한 가지의 이야기를 더 깊이 생각해 보는 경험이 더 유익하기도 하고 더 오랫동안 가슴에 남아 있을 것이다. 그러니 이 책을 한꺼번에 다 읽었다고 하더라도, 1주일에 1개씩 다시 읽어 보고 시간을 두어 생각해 보면서 더 많은 것을 얻을 수 있기를 바란다.

이 책에서 나눈 메시지로부터 진정 어떤 교훈을 얻고, 사고방식과 삶에 영구적이고도 긍정적인 변화를 만들고자 한다면 일기를 써 볼 것을 권한다. 예를 들어 당신의 새로운 측면을 발견한다는 메시지를 읽게 된다면, 그 주에는 자신을 관찰하고 메모를 해 보자. 만약 이야기 주제가 공감 능력에 관한 것이라면, 현재 당신이 처한 상황에 어떻게 적용할 수 있을지 적어 보자. 이 책에서 제시한 메시지에 의도적으로 자기 자신을 활짝 열어 보자. 그 주제가 당신의 현재 삶에 적절한지, 당신이 새롭게 발견한 것은 무엇이고 그 주제를 어떻게 삶에 적용시킬 수 있을지 살펴보자.

이렇게 하면 한 주 한 주가 지날수록 좀 더 명확한 의도를 가지고 당신만의 길을 걷고 있다는 점을 깨닫게 될 것이다. 스스로 변할 수 있는 용기를 갖게 될 것이다. 자신의 낡은 면과 새로운 면 모두를 너그럽게 인정할 수 있게 된다. 그동안 미처 깨닫지 못했지만 매일을 좀 더 감사하는 마음으로 지낼 이유를 발견할 수 있게 된다. 일상생활의 작은 관찰을 통해 당신은 긍정적인 행동과 자기애를 실천할 가치가 충분하다는 점도 이해할 수 있게 될 것이다. 당신의 가슴이 원하는 삶을 조각하고, 변화하는 한 해를 만들어 갈 수 있게 될 것이다.

아무쪼록 이 책을 읽는 당신이 후회 없는 삶이라는 축복을 얻을 수 있게 되기를, 아울러 당신이 이 세상에 태어난 이유는 즐거움과 놀라움 속에서 살기 위함이라는 점을 알 수 있게 되기를 진심으로 바란다.

마음을 담아,
브로니 웨어

차례

1월
JANUARY

● ──────서로 다른 관점 ────── ●

도로 공사로 교통 통제 중이었다. 나는 운전대를 잡고 앉아 좌우로 움직이는 와이퍼 너머로 차 바깥을 바라보고 있었다. 비는 그다지 많이 내리고 있지는 않았지만, 폭풍이 몰고 온 바람과 천둥 번개가 야단스럽게 몰아치고 있었다.

임시 신호등이 초록불로 바뀌길 기다리며 나는 창밖을 바라보았다. 소를 키우는 농장이 보였다. 마침 그 농장에서는 갓 태어난 송아지가 일어나려고 애쓰는 중이었다. 송아지는 네 다리로 서는 데 성공했다. 이미 비가 송아지를 흠뻑 적셨지만 어미소는 송아지를 정성껏 핥아 주었다.

이런 폭풍우 한가운데 태어난다는 건 어떤 느낌일지 잠시 생각해 보았다. 저 송아지가 태어나자마자 본 세상의 첫인상은 어땠을까. 회색 구름이 지나고 비바람이 그치면, 저 송아지는 아마 이렇게 생각할지도 모른다. '도대체 세상이 어떻게 된 거지? 왜 하늘이 갑자기 파래지고 하늘에서 떨어지던 축축한 건 왜 사라졌지?' 비바람이 이 송아지에게는 첫 번째 세상 경험이었으니, 이 송아지 입장에서 정상적인 삶이 되려면 폭풍우가 다시 몰아치기를 기다려야 하는 건가?

내가 유년 시절을 보낸 곳은 농장이었기 때문에 갓 태어난 새끼송아지를 보는 일은 드물지 않았다. 그리고 그건 당연히 즐거운 경험이었다. 그 당시 송아지가 태어난 날은 덥고 건조했다. '두 송아지가 세상을 보는 방식이 얼마나 다를까?' 하는 생각이 들었다. 둘은 사실 그런 것에 대해 생각하지도 않을 것이다. 그저 어미소의 젖을 실컷 먹고 다른 송아지들과 뛰어노는 것만이 즐거울지도 모른다.

어린 시절 소를 친구 삼았기에 소도 생각하고 배우는 능력이 있음을 나는 잘 알고 있다. 그래서 이 두 송아지가 보는 세상에 대한 관점이 얼마나 다를지, 이 둘이 겪은 서로 다른 경험이 얼마나 이들에게 영향을 미칠지 궁금해졌다.

몇 주 전 한 도시로 향했다. 차^{tea}를 사기 위해 내가 가장 좋아하는 찻집으로 가던 중, 관절염 또는 그와 비슷한 증상 때문에 등이 굽어 바닥을 보고 걸을 수밖에 없는 할머니 뒤에서 걷게 됐다. 그녀는 허리가 오른쪽으로 기울어져 굽은 채로 걷고 있었다.

자연스럽게 내 마음 한편에서 동정심이 일었다. 할머니가 걸으면서 보는 세상이 온전하지 않을 테니 말이다. 그런데 그때, 서로 다른 날씨에 태어난 송아지들과 서로 다른 관점에 대한 생각이 머리를 스쳤다. 어쩌면 저 할머니는 다르게 생각하고 있을지도 모른다. 어쩌면 그 나이 또래의 다른 노인들은 아예 나올 수 없을지도 모르는데, 밖에 나와서 자신이 원하는 대로 돌아다닐 자유가 있음에 고마워하고 있을지도 모를 일이다.

내가 완화치료에서 만났던 환자들을 떠올렸다. 젊은 사람도, 나이 든 사람도 있었다. 아파서 침상에 누워 있어야만 하는 사람들은 어쩌면 그 할머니처럼 걷고 싶어 할 수도 있다. 너무 아파서 걸을 수도 없고, 자기 쇼핑백을 들 힘도 없고 아예 외출조차 할 수 없었던 모든 사람들이 떠올랐다. 감옥에서 내가 가르쳤던 여성 죄수들도 생각났다. 그 죄수들은 장담컨대 자신이 그 할머니였으면 좋겠다고 생각할 것이다. 등이 굽었고 대부분의 사람과는 다른 각도에서 세상을 보고 있지만, 아무튼 원하는 곳을 갈 수 있고 자유로우니 말이다. 할머니는 꽤 빠른 속도로 힘있게 걷고 있었다.

인생이 아무리 힘들다 해도, 관점을 바꾸면 달라질 수 있다. 어떤 이에게는 폭풍우처럼 느껴지는 일이 다른 이에게는 축복처럼 느껴질 수도 있기 때문이다.

타인의 관점에서 인생을 바라볼 수 있게 되면, 전혀 다른 관점에서 당신의 삶을 볼 수 있게 된다. 이렇게 하면 자신도 모르는 사이에 내가 원래 갖고 있던 현명함을 덮고 있던 장막을 걷어내고 새로운 해답을 찾을 수 있다. 모두 관점의 문제다. 대부분의 어려운 상황에서도 축복처럼 느낄 수 있는 구석은 반드시 존재하기 마련이다. 다만, 그 축복을 찾아내기 위해서는 약간 다른 각도에서 상황을 봐야 한다.

그때 길을 걷던 그 할머니를 떠올릴 때마다 나는 겉으로 보이는 것만이 전부가 아니라는 걸 새삼 느낀다. 사실, 상황은 보이는 것보다 더 긍정적일 수도 있으니까 말이다.

●———우리가 하는 말들———●

나는 언제나 자연이 최고의 선생님이라고 생각한다. 매일같이 나는 자연이 인간 세계에 주는 가르침을 목격한다. (물론 인간의 세계도 자연계의 일부이지만, 우리는 그 사실을 망각한 지 오래되었다.)

차를 몰고 가다가 길에서 다친 작은 새를 보았다. 차가 지나가는 가운데 큰 새가 계속 작은 새를 괴롭히고 있었다. 작은 새는 분명히 죽어 가고 있었다. 불행히도 내 뒤에도 계속 차가 오고 있었기 때문에 운전을 멈출 수가 없었다. 10분 후 돌아오는 길에 그 작은 새가 정말로 죽어 있는 것을 봤다. 괴롭힘 때문에 그 새가 더 이상 고통받지 않아도 된다는 게 서글픈 위로가 되었다.

또 다른 사건이 머릿속에 떠오른다. 영국에서 브리즈번으로 놀러온 친구를 안내하는 중이었다. 엄마 오리와 8마리의 새끼 오리들이 친구 뒤에서 따라오는 것을 발견했다. 그 장면이 어찌나 아름다운지 감탄하고 있을 때, 거대한 검은 까마귀가 날아와 발톱에 새끼 오리 한 마리를 낚아채 날아가 버렸다. (그때 우리 표정이 어떻게 변했을지 상상할 수 있을 것이다.)

하지만 인간인 우리 또한 그와 비슷한 행동을 하고 있지는 않을까? 최고의 강자는 주기적으로 약자를 공격한다. 식인 풍습을 이야기하는 것이 아니다. 언어나 감정적인 공격을 뜻한다. 이건 그냥 말도 안 되는 행위다.

내가 쓴 전작을 읽은 독자는 알겠지만, 나는 인생 초기 몇십 년 동안 나를 겨냥한 잔인한 언어와 비난을 감당하며 살아야만 했다. 하지만 괴롭힘을 당해 봤던 사람들이 남을 괴롭히는 사람이 되는 것처럼, 나 또한 타인을 비난하는 습관을 갖게 됐다. 너무 오랫동안 반복해서 습득된 것이었다. 사실 나의 타고난 기질은 사람들을 양육하고 영감을 주는 것이었지만, 특정 인간관계를 통해 오랫동안 굳어진 패턴 때문에 타인을 비난하는 습관에 빠지게 됐다.

고맙게도 그런 인간관계를 끝내자고 결정했고, 더이상 세상에 그런 부정적인 에너지를 추가하지 않겠다고 결정한 순간이 왔다. 분명한 결정이었다. 지금도 그 순간을 쉽게 떠올릴 수 있다. 그 시점부터 나는 좀더 의식적으로 말하는 쪽을 택했다.

다행히도 나쁜 말을 하는 예전의 습관을 끊었다. 이제는 누구도 비난하지 않을 뿐만 아니라, 남을 비난하는 다른 사람들과도 인간관계를 맺지 않는다. 나는 또한 이제 비난을 받아도 분리할 수 있게 됐다. 어느 정도 공공에 노출된 상황에서 나는 잘 모르는 이들이 하는 비난을 이제 공감에 대한 교훈 이상으로 생각하지 않는다.

이렇게 의식적인 결정을 내렸고 이런 측면에서 오래된 습관을 깨뜨렸기 때문에, 나는 사람들이 타인을 비난하는 데 대해 새로운 경각심을 갖게 된 것 같다. 아직도 우리 사회에서 서로를 비난하는 데 엄청나게 많은 에너지가 소모된다는 점이 놀랍다. 길 위에서 작은 새를 뾰족한 부리로 쪼고 또 쪼던 그 큰 새처럼, 인간이 하는 말 또한 엄청난 고통의 근원이 될 수 있다.

우리는 모두 장점도 단점도 있다. 그러나 단점 중에서도 말하는 패턴을 바꾸겠다고 의식적으로 결정하면 모두에게 바람직하다. 우리 중 어느 누구도 완벽하지 않다. 말을 할 때 어떤 단어를 쓰는지 신경 쓰면서 타인에게 좀 더 관대해질수록 우리 삶은 더 빨리 개선될 것이다.

당신은 다른 새를 괴롭히는 그런 새가 되고 싶은가? 모든 것이 끝나기를 간절히 원할 정도로 괴롭힘을 당하는 그런 새가 되고 싶은가? 아니면 하늘을 즐겁고 자유롭게 날며 모든 이들에게 즐거움을 주는 노래를 부르는 새가 되고 싶은가?

나는 내가 어떤 길을 선택했는지 안다.

친절은 먼 곳까지 퍼질 수 있다.

———— 변화 받아들이기 ————

서늘한 바람이 부드럽게 불어온다. 아침 첫 햇볕이 따뜻하다. 새들이 여기저기에서 지저귀고 개구리 소리도 들려온다. 개울물에 아침 햇살이 반짝거린다. 가까운 농장에서는 수탉이 울어댄다. 사람 소리라고는 없다. 선물 같은 아침이다.

변화는 삶의 일부라지만 이렇게 일상에서 변하지 않는 것이 있다는 데에도 나는 감사한다. 새소리는 계절에 따라 바뀐다. 어떤 새들은 철 따라 이동하고, 다른 새들은 같은 장소에 계속 머문다. 개구리 소리도 철에 따라 바뀐다. 계절마다 서로 다른 개구리들이 즐겁게 노래한다. 하지만 농장이 아름답다는 사실만은 변하지 않는다. 농장 안에서 일어나는 어떤 변화라도 그 아름다움을 유지하는 요소가 된다.

이미 나이가 꽤 들어 버린 우리 아버지가 최근 대수술을 받으셨다. 이 경험을 통해 삶에 영원한 것은 없다는 사실을 깨닫게 됐다. 우리가 좋든 싫든 삶에 변화가 일어난다는 사실만이 변하지 않는다. 아버지는 수술을 잘 이겨 내셨고 바라건대 회복하실 것이다. 하지만 아버지 나이가 있기에 예전 같지는 않으실 것이다.

물론 변화를 직면해야 하는 사람이 노인뿐만은 아니다. 우리가 몇 살이든 삶에 닥쳐오는 밀물과 썰물에 우리의 몸을 맡겨야 한다. 영원히 지속되는 것은 없다. 변화에 저항하고 삶의 모든 결과물을 통제하려고 하는 이들은 예기치 않은 장애물을 만날 때 가장 많이 고통받게 된다. 변화란, 언제든 찾아올 수 있으니 말이다.

얼마 전 내가 가장 좋아하는 해변으로 여행을 떠났다. 아침나절이 지나며 햇볕이 따뜻하게 맞아 주는 겨울 바다를 걷는 건 언제나 즐겁다. 여러 번 갔던 바다 옆 풀장은 텅 비어 있었다. 제아무리 용감하다고 해도 찬 바닷물에 몸을 담글 수는 없을 테니 말이다. 그 광경을 보며 계절에 따라 달라지는 해변 풍경을 떠올렸다. 6개월이 지나면 이 풀장에는 해 뜰 때부터 해가 질 때까지 수영하는 사람들로 가득할 것이다. 하지만 겨울의 풀장은 잔잔한 오아시스처럼 빛나며 얼른 빨리 여름이 왔으면 좋겠다는 생각이 들게끔 사람들을 유혹한다.

우리네 인생에서도 공식적으로든 비공식적으로든 계절이 바뀌고 인생 사이클이 변한다. 인생에서 어떤 계절이 좋다고 해서 다른 계절을 쫓아내고 거기에 머무를 수는 없다.

변화를 수용하게 되면 – 그것이 개인적인 것이든, 계절의 변화이든, 전 세계적인 변화이든 – 삶이 더욱 자연스럽게 흘러가고, 전에는 미처 알지 못했던 새로운 계절과 즐거움을 맞이할 수 있다.

여름에 찾아올 관광객들에게 행복을 주기 위해 기다리는 겨울의 풀장처럼, 나는 내 앞길에 불어올 변화의 바람에 마음의 문을 활짝 열어 본다. 더불어 당신도 삶에 대해 그러기를 바란다.

●———죽음을 인식하기———●

　자라는 동안 나는 수시로 탄생과 죽음을 목격했다. 농장의 소가 송아지를 낳는 걸 돕거나 어미를 잃은 아기양에게 병으로 우유를 먹이기도 했다. 눈앞에서 소, 양, 뱀, 닭, 병든 말 등이 도축되는 것도 봤다. 어린아이였던 그 당시 내게 죽음이란 종결이고 단지 사체가 부패해서 없어지는 것 이상도 이하도 아니었다. 학교나 교회에서 죽으면 천국에 간다고 들었지만, 그때는 그렇게 연결 지을 수가 없었다.

　신은 어디에나 있다는 말도 들었지만, 죄의식을 가져야 한다고 설파하는 종교적인 환경에서 자랐기 때문에 어린 시절 나는 가끔 방 커튼을 왈칵 열어 본 후 아무도 나를 지켜보고 있지 않다는 데에 안도하기도 했다.

이후 나는 삶을 통해 천국은 죽은 자들만 가는 곳이 아니라 지금 살아 있는 우리들에게도 존재할 수 있다는 사실을 깨달았다. 명상을 통해 더없는 행복감과 인간의 일상 세계를 넘어선 상태를 경험했다. 하지만 명상하지 않을 때조차도 현재에 충실하고 일상에 감사하면서 그런 마음을 느낄 수 있다. 마음 깊숙한 곳으로부터 즐거움이 우러나오기 시작하면 그런 의식이 더욱 고양되는데, 누구라도 이를 경험할 수 있다.

동물들도 두려움이나 사랑을 느낄 수 있는 능력이 있다. 하지만 동물의 죽음과 인간의 죽음 사이에 실제 연결고리가 있다는 사실을 처음 느끼게 된 것은 첫 번째 환자의 죽음을 목격하면서였다. 그전에도 친척이 돌아가신 적이 있었지만 내 눈으로 직접 본 적은 없었다. 불행하게도, 우리 사회에서는 가까운 사람의 죽음을 직접 눈으로 못 보는 경우가 많다. 죽음을 부인하는 것은 그 누구에게도 도움이 되지 않는다. 죽음을 긍정적으로 직면해야 한다.

현대사회에서 죽음이라는 주제는 대부분의 사람들에게 공포를 불러일으킨다. 사후 세계에 대한 두려움, 사후 세계가 없을 것이라는 두려움, 죽어 가는 과정에 대한 두려움을 야기하는 것이다. 이 정도로 심오한 주제를 생각해 보는 것 자체에 대한 두려움도 존재한다. 원하던 것을 이루는 삶을 살아왔든 그렇지 않든, 삶이 진짜로 끝나 간다는 사실을 받아들이기가 겁나는 것일 수도 있다. 어떤 이들에게는 이 모든 두려움이 다 조금씩 존재할 수도 있다.

죽음은 (다음 생이라는 것이 존재한다고 당신이 믿든, 그렇지 않든) 이번 생에 마침표를 찍는 것이다. 죽음에 대한 부정은 사회 전체가 만들어 낸 것이고, 우리에게 해롭다.

인정할 것은 인정하자. 당신은 언젠가 죽는다. 나도 언젠가는 죽는다. 우리 모두 언젠가 죽는다! 이 사실을 우울하게 받아들이기보다 인정하고 더 나은 삶을 살아가는 동력으로 활용하면 어떨까. 죽음을 살아가기 위한 도구로 사용하는 것이다.

당신은 이 세상에 영원히 있을 수 없다. 당신 인생의 하루하루는 선물과도 같다. 건강이라는 자유를 누리고 있다면 더더욱 그렇다. 건강하든 그렇지 않든 당신이 지금 보내고 있는 하루는 언젠가는 유효기간이 끝나게 된다. 오늘 보낸 하루로 인해 당신이 살아갈 날은 하루 줄어들게 된다. 그러니 지금 이 소중한 시간이라는 선물을 최대한 선용해야 하지 않을까?

당신은 아마 '나는 나이가 많이 들어도 늘 건강을 유지할 것이고 내가 가장 좋아하는 잠옷을 입고 자다가 평화롭게 이 세상을 떠날 것'이라고 가정할지도 모른다. 그러나 대부분은 그렇게 안 될 가능성이 크다. 어떤 사람들은 60세 이전에 사망할 수 있고, 심지어 40세 이전에 죽을 수도 있다는 사실을 받아들이려고 하지 않는다. 하지만 이게 현실이다.

주위를 둘러보면 금방 알 수 있는 사실인데, 어떤 사람들은 일찍 세상을 떠난다. 그건 '다른 사람'도 아니고, '가족'도 아니고, '전혀 모르는 사람'도 아닌 바로 '나'에게 일어날 수 있는 일이다. 장기 투병을 하게 되면 건강한 삶을 누릴 자유가 예기치 않게 사라져 버리기에, 지금 이 순간 건강하다면 건강의 자유를 만끽해야 한다.

그렇다면, 이런 사실을 알게 된 우리는 어떻게 해야 할까?

오늘 살아 있다는 축복에 감사할 수 있는 습관을 길러야 한다. 당신 삶의 주도권을 쥐어야 한다. 우선순위를 바꿔라. 언젠가 정말 죽게 되니 말이다! 언젠가는 죽는다는 사실을 인정하고 오늘이라는 선물이 주어졌음에 설렘을 느껴 보자. 지금 이 순간, 당신은 살아 있다. 삶이 주는 선물과 축복을 최대한 누리자.

죽음과 연관된 다른 공포 중에는 의외로 긍정적으로 보이는 것도 있다. 죽어 가는 이들은 자신만이 볼 수 있는 무엇인가를 향해 미소를 짓는 경우가 있다. 너무나 환한 미소를 짓기에 이들이 앞으로 닥쳐올 상황에 기뻐하는 것이 분명해 보이기도 한다. 이렇게 죽어 가는 사람들을 보며 나는 죽음이 무언가 아름답고 기대할 만한 것이라는 느낌을 받곤 했다. 이들에게는 죽음이 천국에 가겠다는 생각일 수도 있고, 무언가를 온전히 사랑하거나 받아들이는 느낌이나 순수한 기쁨으로 다가오기도 한다.

비록 죽음은 두려울지라도 죽음 너머에 사랑이 존재한다는 사실을 알게 되면 그 두려움은 많이 사라진다. 실제 죽음이라는 과정 자체는 오래 걸리지 않는다는 점을 명심하자. 말하자면, 영혼이 몸을 10일 동안 줄다리기하듯 들락날락하지는 않는다. 죽음은 짧다. 그러므로 죽음을 애써 두려워할 필요는 없다. 죽음이 외롭게 찾아올 것이라고 생각할지 모르겠지만, 죽는 순간에는 반드시 당신을 감싸는 사랑이 찾아올 것이다.

죽음에 대해 깊이 성찰한다는 것은 결국 현실을 직시하는 것이다. 죽음 그 자체가 말하기 두려운 주제가 되어서는 안 된다. 당신이 사랑하는 사람과 남은 생애를 매일 보낼 수 없다는 것을 솔직하게 인정하게 되면 슬퍼질 수는 있다. 그러나 이 사실을 직시하게 되면 사랑하는 이와 보내는 남은 시간이 더 특별해지지 않겠는가?

이렇게 되면 또 다른 두려움이 생긴다. 이토록 하고 싶은 것이 많은데, 시간이 얼마 남지 않았다는 두려움 말이다. 그러니 지금 바로 행동에 옮겨야만 한다! 지금 남은 삶을 최대한 가치 있게 보내자. 죽음이란 필연적으로 오기 마련이라는 사실을 받아들이자. 그리고 지금의 삶과 선택을 할 수 있다는 점에 감사하자.

당신의 삶은 축하받을 충분한 가치가 있다. 그러니 이 세상을 떠날 시간이 도래할 때까지 두려움 없이 솔직한 삶을 살아가자. 당신의 삶을 포용하자. 즐겁게 지내자. 그리고 용기를 갖자.

2월
FEBRUARY

_____당신이라는 놀라움을 허락하기_____

열일곱 살 생일에 친구들이 깜짝 파티를 해 줬다. 나는 둔해
서인지 미처 깨닫지 못했는데, 친구 열 명이 함께 저녁을 먹자
고 해서 그런 줄로만 알았다. 그런데 친구 집에 도착하자 서른
명 정도 되는 사람들이 "놀랐지!" 하며 등장했다. 나는 '저녁
먹는 사람들이 예상보다 더 많아졌구나.' 정도로만 생각했다.
사실 내 생일 파티 장소가 바로 거기였음을 알아채는 데 (그리
고 외식하러 가는 게 아니었구나 싶어 내심 실망한 느낌을 가라앉히
느라) 몇 분의 시간이 걸렸다. 결과적으로 외식하러 식당에 갔
다면 결코 불가능했을 만큼 그날 파티에는 즐거움과 웃음이
가득했다.

그렇게 늦게 알아차리긴 했어도, 나는 놀라움을 사랑한다.

이런 유쾌한 놀라움은 운이 좋아야 느낄 수 있고, 누구나 살아가며 이런 기분 좋은 놀라움을 한두 번은 경험할 수 있다. 당신이 놀라움이나 변화에 좀 더 열린 마음을 갖고 있다면 그에 따른 충격을 좀 덜 느끼게 된다. 사실 내가 살아가며 느낀 가장 큰 놀라움은 바로 '나는 이런 사람이구나!'를 알게 되거나, '내가 이런 사람이 되었구나!'라는 점을 알아차렸을 때다.

스스로에 대한 이런 놀라움을 허락하게 되면, 내적 성장이, 통제하고 저항해야 하는 과정이 아닌 즐거운 과정이 된다. 우리는 누구나 즐거움을 타고난다. 그러나 삶이 즐거워지려면 즐거워지겠다고 용기를 내야 하고 그럴 마음을 먹어야 한다. 언제 앞으로 나아가고 언제 단념해야 할지, 무의식적으로 행복을 제한하고 있는 선을 언제 넘어야 할지 깨달을 필요가 있다. 당신이란 이런 사람이며, 이런 사람이 되어 가고 있다는 기분 좋은 놀라움을 느낄 수 있으려면 자기 자신에 대한 믿음과 스스로를 탐구하는 것을 즐거워해야 한다.

당신이 한 걸음 앞으로 나아가고, 작은 변화를 받아들이면 낡은 습관들의 힘이 약해진다. 이런 낡은 습관들은 쉽사리 없어지지 않는다. 만약 변화에 저항한다든지 부정적인 믿음 안에 머물러 있으려고 하는 자신을 발견하게 된다면, 나 자신에게 너그러워질 필요가 있다. 변화는 하루아침에 일어나지 않으며, 차근차근 과정을 밟아 나가야 하니까.

새로운 습관을 들이는 중이라면 당신이 어떤 사람인지에 집중하여 경탄해 보자. 때때로 자기 자신도 잘 몰랐던 내 모습에 놀랄 수도 있다. 의식적으로 최선을 다하려는 사람의 모습에는 마법 같은 힘이 있다. 변화하는 당신 스스로를 보며 놀라워하고 새로운 내 모습을 발견하면 싱긋 미소 지어 주자. 변화하는 나를 발견하는 과정을 즐겁게 받아들이자.

미래에 당신이 되고자 하는 모습은 아마 당신이 언제나 이렇게 될 수 있을 것이라고 바라 왔던 모습일 것이다. 그렇게 되기 위해서는 시간과 사랑, 인내심이 필요하고, 나 자신의 진짜 모습을 발견해 가는 놀라움에 마음을 열 수 있어야 한다. 진정한 내가 누구인지 발견하는 것은 인생에서 가장 큰 놀라움이 될 것이다.

축하한다! 당신의 삶은 제대로 된 방향으로 가고 있으니 말이다.

●————— 희망의 세계를 방문하자 —————●

희망에 관한 글을 쓰기로 결심하면서 희망의 사전적 의미 중 하나가 '확실한 욕구'라는 것을 알게 됐다. 다른 의미로는 '성공 가능성'이 있었고, 좀더 이해가 잘 되는 뜻으로는 '소망 또는 욕구'가 있었다.

그런데 재미있는 건, 우리 대부분이 희망을 끄집어 낼 때, 그 희망은 반드시 '확실한 욕구'라고는 할 수 없다. 확실함이란 의미를 담고 있는 것은 '믿음'이다. 올바른 길을 걷고 있다고 마음속으로 믿는 것이다. 어떤 일이 어떻게 전개될지는 몰라도, 그렇게 될 것이라는 신념이다.

반면에 희망은 기도나 불확실한 그리움과 함께 오는 경우가 많다. 믿음이 약간 있기는 하지만 반드시 확실한 자신감이 수

반되는 것은 아니다. 그러나 특히 믿음이 약해지거나 부재할 때 이 아름다운 희망이란 감정을 붙잡고 있어야만 '성공 가능성'으로 이어질 수 있다.

조금씩 연습을 한다면, 믿음은 어떤 어려움도 통과할 수 있게 해 준다. 믿음은 무언가가 가능하다는 확고한 생각이고 꿈꾸고 있는 바를 끌어당기는 자석과도 같다. 그러나 스스로가 연약하게 느껴지는 날이 있다. 숨쉬는 공기처럼 자연스럽게 삶을 관통하는 변화를 겪어야 하는 때가 있다. 그래서 당신이 과거의 믿음이나 확실한 장소로 후퇴하려고 하는 동안에는 희망에 의지해야 한다.

희망은 당신이 품고 있는 꿈의 빛을 살려 준다. 무릎을 꿇는 행위이지만 포기하는 것은 아니다. 희망은 이런 것이다. "나는 여전히 내가 원하는 것이 가능하다고 믿고 싶지만, 오늘은 그런 믿음을 가질 만큼 강인하다는 느낌이 없습니다. 그래서 아예 포기하기보다는 희망에게 넘겨주고 싶어요."

그렇게 열어 놓으면 고삐가 약간 느슨해지고, 통제를 조금 풀어 놓을 수 있고, 당신이 원하는 게 무엇인지 처음부터 기도를 들어 주었던 더 큰 힘의 자비로움에 맡길 수 있게 된다. 희망은 연약해 보이지만 포용할 수 있는 방식으로 물꼬를 터 준다. 희망은 꿈을 놓치지 않고 넘겨준다.

희망은 어린아이 같은 믿음으로 당신의 기도를 나르는 운반체다. 항상 '확실한 욕구'가 있는 것은 아니다. 그러나 그것은 너무나 구체적이고 사랑이 가득한 힘이기 때문에 성공할 가능성을 함께 수반한다.

나는 희망을 사랑한다. 믿음이 부재했던 가장 힘든 시간 동안 희망이 나를 이끌어 준 것에 대해 감사한다.

오늘 당신의 세계에 믿음이 보이지 않는다면 희망의 세계를 방문하라. 희망은 부드럽게 당신을 다독이며, 어려운 시간 동안 여러분을 안전하게 지켜 줄 것이다.

──── 마음의 담벼락을 허물기 ────

눈구름이 금방이라도 산에 눈을 퍼부을 것처럼 머리 위를 지나간다. 차디찬 겨울바람을 뚫고 간간이 따뜻하고 반가운 햇살이 비춘다.

그 마을에 다시 걸어 들어가자 어떤 사람들이 새로운 담을 만드는 게 눈에 띄었다. 초록색 철제 담이었다. 목재 울타리, 철조망, 벽돌로 쌓은 담벼락, 나무를 쭉 심어서 담을 대신한 곳도 있었다. 이 마을 사람들뿐 아니라 대부분의 선진국 사람들은 담쌓기를 좋아한다. 담을 쌓아 놓으면 '이 땅은 내 땅이며 내 소유'라는 의미가 있다. "내 허락 없이 넘어오지 마시오."

담은 사람들에게 창의적 표현의 경계선을 치기도 한다. 딱 정해진 경계선 안에 있는 땅과 정원에서는 무엇이든 할 수 있다는 뜻이기도 하다. 울타리 너머로 이 집 저 집 위로 날아다니는 새들은 울타리로 나눠진 곳들이 서로 다르다는 점을 잘 알지도 모르겠다.

슬프게도 담은 호의와 친절함을 쫓아내는 요소이기도 하다. 현대인들은 집 앞 담벼락을 높이 쌓아 집이 아예 보이지 않게 만든다. 집안을 들여다보려면 초인종을 눌러서 들어가도 되냐는 허락을 받아야만 한다. 외부인의 방해 없이 자유롭게 내 집을 돌아다닐 수 있는 프라이버시가 꼭 필요하다는 점은 이해한다. 하지만 프라이버시가 다른 사람들에게서 나오는 온기마저 차단하기도 한다.

이웃을 속속들이 잘 알 필요는 없다. 하지만 옆집에 누가 사는지도 모른다는 건 생각해 보면 조금 서글픈 일 아닌가? 담벼락은, 말하자면 금속이나 나무, 벽돌이나 철조망으로 만들어진 물건에 불과하지만, 버티고 서서 이웃 간의 정을 나누는 데 방해가 되거나 공동체적인 행동을 할 가능성을 가로막는다. 사람들은 심지어 옆집에 누가 사는지 알려고 하는 것조차 두려워한다. 이웃과 다시 마주쳐서 인사해야 하는 상황조차 원하지 않기 때문이다.

몇 년 전 빅토리아 주 서부 농촌 지역에서 6일간 도보 투어를 했었다. 사유지였지만 땅 주인으로부터 우리가 원하는 대로 그 지역을 돌아봐도 된다는 허락을 받았다. 도보가 유일한 여행 수단이었고 누구 땅인지 신경 쓸 필요도 없고 장벽 따위 신경 쓰지 않고 다니던 옛날과 같은 느낌을 가질 수 있었기에 우리는 운이 좋았다. 그 6일 동안의 여행이 이후 나에게 큰 영향을 끼쳤다.

태즈매니아 지역에 사는 전직 호주 정치인은 자신의 소유지에 "함부로 지나가도 됩니다."라는 표지판을 세워 놓았다. 자신이 관리하는 땅이지만 타인이 지나가도 된다고 너그럽게 허락하는 긍정적인 사고방식을 가진 사람이다. 자신의 땅이 가진 아름다움을 돌아볼 수 있는 즐거움을 남과 나눌 줄 아는 것이다.

담벼락은 선한 기운을 가로막는다. 하지만 그 존재를 극복할 수도 있다. 예를 들어 우리 집에서 키운 채소나 초콜릿 케이크를 이웃에게 나눠줄 수도 있다. 때때로 따뜻한 한마디 말을 건넬 수도 있다.

우리가 만들어 낸 이 바쁜 세상에서 공동체정신은 계속 희미해지고 있다. 그래서인지 공동체의 중요성이 다시금 강조되고 있다. 사실 공동체정신이 살아나기 위해서는 내 이웃이 누구인지 먼저 아는 것이 중요하지 않을까!

담은 땅 주인이 누구인지 구분하기 위한 목적으로 만들어진
다. 하지만 이웃과 간단한 인사를 나누는 것만으로도 이웃 사
이의 담은 쉽사리 극복될 수 있다.

　한번 미소 짓고 인사하면 좋은 기운은 널리 퍼져 나갈 수 있다.

———— 오해받는 것 ————

누구나 살면서 적어도 몇 번은 남에게 오해를 사는 경우가 있다. 나와 다른 길을 걸어온 사람을 100퍼센트 이해한다는 것이 가능할까? 불가능하다. 노력은 해 볼 수 있다. 물론 그 사람의 입장에 서서 생각해 보고 공감해 볼 수는 있다. 하지만 다른 사람의 모든 측면을 이해하기란 불가능하다. 모든 사람에게는 저마다의 개성과 특성이 있기 때문이다.

하지만 아주 특별한 경우에는, 당신과는 전혀 다른 삶을 살고 있지만, 당신의 삶을 즉각적으로 이해하는 사람이 나타나기도 한다. 평범한 다른 친구들과는 달리 설명할 필요도 없이 당신을 꿰뚫어 보는 사람, 당신을 완벽하게 파악할 수는 없다고 해도 당신을 너무나 잘 이해하고 있어 그것만으로도 위안이 되고 두 사람이 잘 통한다는 느낌을 주는 그런 사람 말이다.

이런 사람은 극히 드물다. 하지만 그 정도로 잘 통하는 인연을 배우자, 친구, 가족 구성원, 직장 동료 중에서 만나는 축복을 누리기도 한다. 그런 인연을 만났다면 감사해야 한다. 인생에서 정말 큰 선물이기 때문이다.

때로는 일정 기간 동안 누군가와 긴밀하게 연결되어 있다는 느낌을 갖기도 한다. 누군가를 세상에서 가장 친한 친구, 가장 아름다운 파트너로 여기는 느낌이 몇 달, 몇 년, 아니면 아주 잠깐 지속되기도 한다. 그러다 어느 날 문득 그 우정이나 관계가 예전처럼 건강하지 않다는 점을 알게 되는 경우도 있다.

어쩌면, 다른 상황은 전혀 바뀌지 않았는데 두 사람 사이의 균형이 깨졌을 수도 있다. 어쩌면 두 사람이 다른 방향으로 성장하고 있는지도 모른다. 아니면 서로가 추구하는 가치가 상충된다는 것을 알게 됐을 수도 있다. 이런 변화는 필연적이다. 우리 모두는 지속적으로 성장하고 진화한다. 그 과정에서 어떤 인간관계는 살아남기도 하고 어떤 관계는 사그라들기도 한다. 인생의 덧없음을 이런 과정에서 느끼기도 한다.

그런데, 당신 자신의 마음을 존중하는 과정에서 타인이 당

54

신을 완전히 오해하기도 한다. 당신을 이러저러하다고 판단해 버린 어떤 사람이, 자신의 기대치와 다른 행동을 한다며 왜 사람이 변했느냐고 당신을 비난할 수도 있다. 당신이 한 행동이라고는 그 타인에게 쏟는 애정만큼 당신 자신을 사랑하겠다는 선택을 한 것에 불과한데 말이다.

이렇게 하려면 큰 용기가 필요하다. 당신이 여전히 좋아하는 사람이지만 당신 마음속 한구석에서 저 사람과 함께하는 것이 당신에게 이롭지 않음을 알고 있어서 그 관계에서 빠져나오려고 할 수 있다. 그런데 이는 그렇게 해야 당신에게 이롭다는 걸 상대방이 인정하는 것만큼이나 쉬운 일이 아니다. 그런 결정을 내리는 건 가슴 아픈 경험이다. 당신 마음속에서 그 사람의 진정한 장점이 계속 떠오르면서 더 가슴이 아플 수도 있다. 하지만 당신의 마음속 깊숙한 곳의 목소리를 너무 오랫동안 외면할 수는 없다. 그 목소리는 당신 스스로가 무얼 원하는지 잘 생각해 보라고 상기시킨다. 과거는 과거고, 이제는 앞으로 나아가야 한다고 말하기도 한다.

그런 결정을 내리게 되면 그 결정에 영향을 받은 사람만 상처받는 게 아니다. 그동안 좋은 기억도 많았던 우정과 관계에도 아픔과 상처를 남긴다. 그러나 앞으로 나아가기 위해서는,

그 사람과 그런 느낌을 더이상 나누면 안 된다. 자칫 건강하지 못한 두 사람 사이의 역학관계가 되풀이될 수도 있기 때문이다.

힘들어 보이지만 어떤 관계에 있어서는 이렇게 해야 할 필요성이 분명히 있다. 솔직한 소통과 감정적인 성숙을 통해 놀랄 만큼 성장할 수 있으며, 이 과정은 마음을 치유할 뿐 아니라 긍정적인 방향으로 삶을 변화시키기도 한다. 당신의 마음이 가늠자가 되어 이제는 떠나보낼 때라고 계속 시그널을 보낼 것이다. 그렇게 당신에게 아픔을 줬던 인간관계를 과감히 끊고 나면, 타인에게 오해를 사거나 심한 말을 듣거나 "예전에 내가 알던 네가 아니야."라는 원망을 들을 수도 있다.

다른 사람이 어떻게 반응할지 당신이 제어할 수는 없다. 그렇게 하려면 당신이 만난 모든 사람의 마음에 들도록 당신의 행동 하나하나를 되짚는 데 온 시간을 소비해야 할 텐데, 사실 그렇게 한다고 해서 남들이 100퍼센트 당신을 좋아하고 이해할 수도 없다. 이건 인간 감정과 본능에 대한 것이다. 타인에게도 자신이 원하는 대로 느끼고 생각할 권리가 있다. 당신이 그런 부분을 제어할 수는 없다.

타인에게 이해받으려면, 특히 당신 스스로를 이해하고 당신이 진정으로 원하는 것이 무엇인지 알기 위해서는 스스로 노력하는 수밖에 없다. 당신이 진심으로 사랑하는 것이 무엇인지 알아내고 마음의 소리에 귀를 기울여야 한다. 비록 그 목소리가 당신(과 어쩌면 다른 사람)에게 고통을 야기하는 방향으로 행동하라고 지시하는 한이 있어도 말이다. 마음의 소리에 귀를 기울이지 않으면 장기적으로는 더 큰 고통을 받게 될 수도 있기 때문이다.

솔직해지려면 용기가 필요하다. 침묵하는 데도 용기가 필요하다. 당신의 마음과 정신건강을 위해 나에게 해로운 관계의 패턴을 깨고, 스스로에게 계속 변명했던 습관을 지우고, 타인의 오해를 각오할 수 있어야 한다. "불평하지도 변명하지도 말자." 내 친구의 인생 모토다. 이 모토가 마음에 든다. 변명은 때로 노력한 만큼의 값어치도 없기 때문이다.

인간관계에서 연민은 분명 필요하다. 하지만 인생에서 연민을 떼어 내야 할 때가 분명히 있다. 그동안 당신과 그 사람이 서로의 삶에 영향을 미쳤고, 두 사람 모두에게 지금은 성장의 기회이며, 상대방 또한 자신만의 여정으로 들어서야 한다는 걸 인정해야 한다.

어떤 관계를 떠나보내는 건 쉽지만은 않다. 하지만 어떤 때는 반드시 필요하기도 하다.

　침묵을 지키는 것도 쉽지만은 않다. 하지만 이 또한 어떤 때
는 반드시 필요하다.

3월

MARCH

앞으로 나아간다는 것

개천이 또 범람했다. 이틀 동안 쏟아진 장대비로 넘쳐 흐른 빗물이 저수지로 쏟아져 들어간다. 이 때문에 다리가 막혀서 집 안에 발이 묶였다. (사실 이 부분은 마음에 든다.)

이 개천은 몇 갈래의 작은 물줄기로 갈라졌다가 다시 합쳐진다. 개천을 보면서 인생에 닥쳐오는 결정에 대해 생각한다. 시냇물이 여러 줄기로 갈라지는 것처럼 인생에서도 다양한 길을 선택할 수 있다는 걸 새삼 깨닫는다. 어느 길을 선택하느냐에 따라 당신의 여정도 분명히 달라진다. 하지만 물길이 그렇듯이 당신 앞에 다음 선택이 나타나기 전까지는 같은 방향을 향한다.

크고 작은 결정에 직면했을 때 당신에게는 어느 결정이든 할 수 있는 자유의지가 있다. 인생을 살다 보면, 겪지 않고는 지나칠 수 없는 일이 생긴다. 당신이 설정한 목표를 이루기 위해 어떤 길을 선택하는가 하는 것은 당신의 몫이다. 언뜻 보기에 쉬운 길, 또는 가장 빠른 길을 택할 것인가? 느리지만 경치 좋은 길을 택할 것인가? 아니면 스스로에 대한 통찰력과 용기를 믿고 울퉁불퉁한 길을 가겠다고 선택하여 삶의 여정을 더 가치 있게 만들 것인가?

개천 물길은 계속 흐르다가 합류한다. 합류했던 물길은 다시 하류에서 여러 갈래로 갈라진다. 물길 중 일부는 다른 물길과 합쳐지면서 큰 강으로 흘러들어 가고, 마침내 바다로 흘러간다. 또 다른 물길은 또 다른 개울과 합쳐진다. 어떤 물길은 흘러가다 어떤 자리에 고인다. 비가 오면 다시 흘러넘친다. 그렇게 물은 계속 흘러간다. 그 물줄기는 궁극적으로 물이 흘러가야만 하는 곳으로 가게 된다. 당신의 삶도 마찬가지다.

당신의 인생은 당신이 내린 결정을 통해 만들어진다. 개울물이 어떤 방향으로든 결국은 흘러가는 것처럼 당신 또한 자유로운 의지를 통해 당신의 인생 여정 경로를 선택할 수 있다. 어떤 선택을 했든 관계없이 당신은 영혼의 키가 자라고, 진화할 수 있는 올바른 방향으로 계속 움직이게 될 것이다. 그 와중에서 어떻게든 스스로에 대해 더 많은 것을 알 수 있게 된다.

나도 다른 이들처럼 빠르고 명확하게 결정을 내리는 경우가 있다. 반면 어떤 결정에 있어서는 심사숙고가 좀더 필요하기도 하다. 해답이 분명하지가 않기 때문에 그대로 상황이 흘러가도록 두는 것이 최선인 경우도 있다. 해답을 빨리 찾아야 한다며 조바심내지 않으면 해답이 적절한 때에 저절로 드러나기도 한다. 실제로 그렇다.

어떤 경우에는 결정 자체가 해답일 때도 있다. 정말로 그렇다. 결정을 무조건 미루거나 현실을 부정하고 회피해 봤자 문제가 해결되지 않으니 말이다. 누구에게나 삶에서 분명한 결정을 해야 하는 때가 반드시 있다. 어떤 경우에는 삶의 최전선에서 어떤 선택을 해야 하는 상황이 발생해 당신의 응답을 기다리기도 한다. 그리고 그 선택은 중대하고도 고통스러울 수 있다. 하지만 힘든 결정을 내리는 것이 고통스러운 만큼, 당신 자신에게 솔직하지 못한 삶을 사는 것 역시 고통스럽지 않을까?

인생에서 중요한 결정을 내리는 것을 외면하고 싶을 때도 있다. 결정을 아예 안 하는 상황을 바랄 수도 있다. 그러나 그 결정은 어디 가지 않는다. 이럴 때는 마음을 차분히 가라앉히고 해답이 나타날 때까지 기다려야 한다. 그렇게 되면 당신이 내린 결정이 당신의 영혼에 최고의 여정이 될 수 있다는 믿음으로 비로소 앞으로 나아갈 수 있다.

개울물이 바위와 갈대 위로 거품을 일으키며 새로운 방향으로 나아가는 것처럼 보이지만, 물길은 항상 도달해야 할 곳으로 향하게 된다. 인생 또한 당신 스스로가 발전하는 올바른 방향으로 흘러가게 마련이다. 중간에 걸림돌도 있고 돌아가기도 하지만, 여전히 앞으로 나아간다. 이 모두가 결국은 당신에게 바람직한 결과로 돌아온다는 것을 믿어 보자.

결정의 시간은 우리 모두에게 찾아온다. 결국, 당신은 선택을 마주했을 때 당신의 선택이 어느 방향으로 인도할지 스스로를 믿어야 한다. 어떻게든 그 끝에는 발전과 진화가 있다. 결국, 당신에게 바람직한 방향으로 나아갈 것이다.

━━━━딱새 한 마리, 소 한 마리━━━━

글을 쓰고 있는데 딱새 한 마리가 날아와 베란다 모서리에 앉았다. 딱새 자체가 활기찬 새이긴 하지만 특히 이 새는 내 삶에서 상당히 큰 부분을 차지하고 있다.

얼마 전 나는 인생에 있어 큰 변화를 겪었다. 즐거운 경험은 아니었다. 내가 머무르는 곳의 아름다운 자연환경은 나에게 해독제와 같다. 그런데 특히 더 힘들었던 날에 이 딱새가 나타나 조용히 근처에 앉았다. 어미새 같은 행동을 보이는 걸 보니 암놈인 것 같았다.

어느 날 내가 베란다에 앉아 친구와 통화하며 웃음을 터뜨렸더니 이 딱새 또한 까르르 웃음을 터뜨리듯 재잘거렸다. 그때 나는 이 새와 뭔가 통한다는 느낌을 받았다. 동물들은 동물을 좋아하는 사람을 알아보는 법이니까.

몇 주 전, 살아 있는 강아지를 강물에 던진 여자아이에 대한 뉴스가 나와 파문이 일었다. 또 얼마 전에는 고양이를 쓰레기통에 던진 여성에 대한 기사, 강아지를 다리 밑으로 집어 던진 남자아이에 대한 보도도 나왔다. 이런 기사에 대한 공분은 당연하다. 인간 외의 다른 생명체에 대한 존중이 없는 오만한 인간들을 보는 것은 가슴 아픈 일이다. 동물들 또한 인간만큼 이 지구에서 살아갈 권리가 있는 존재다.

이 주제에 대해 글을 써야겠다고 결심한 계기는, 지난주 스페인에서 한 여성이 길거리를 질주하던 소의 뿔에 받혀 부상을 당했다는 기사를 읽고 나서였다. 이 기사의 초점은 부상 당한 여성이었다. 소가 아니었다. 어떤 동물이라도 길거리에서 사람들이 소리 지르며 추적하는 걸 자연스럽게 여길 수는 없다. 그 소는 당연히 비정상적으로 행동할 수밖에 없었을 것이다. 겁에 질렸을 테니까.

강아지가 다치거나 학대당한 기사에는 너무나 당연하게도 사람들은 격하게 반응한다. 왜 다른 동물들이 그런 취급을 받을 때는 그런 반응이 없을까? 나는 이 점이 혼란스럽다. 물론 스페인에서 투우라는 끔찍한 경기를 중단하기 위한 사회적인 움직임이 커지고 있다는 점에 대해서는 고무적으로 생각하지만 말이다.

　나는 고기를 먹지 않으며, 동물을 사랑한다고 주변에 공공연하게 이야기한다. 하지만 나 자신도 어릴 때 생각과 지금의 생각이 완전히 달라졌기 때문에 타인 또한 자신이 자연스럽게 느끼는 부분을 얘기할 권리가 있다는 점을 존중한다. 물론, 동물을 죽일 필요가 없는 세상이 된다면 좋겠지만 현실적으로 보자면 매우 먼 미래일 것 같고, 어쩌면 그런 세상은 아예 오지 않을지도 모른다.

　그렇다고 내가 육식하는 사람들을 어떤 판단의 잣대에 올려놓는 것은 아니다. 내가 사랑하는 사람 중 상당수가 육식을 한다. 나를 슬프게 하는 것은 동물 권리에 대한 공감도가 떨어진다는 것이다. 대다수의 사람들은 자신들의 육식 행위에 대하여 진지하게 생각하지 않는다. 동물의 감정에 대해서는 전혀 고려하지 않는다는 뜻이다. 어떤 측면에서는 이해한다. 현실이 그러니 말이다.

　지금 이 글을 쓰며 머무르고 있는 집은 수천 에이커의 넓은 대지에 지어진 5채의 집 중 하나다. 시냇물이 흐르는 아름다운 곳이다. 산에 오르면 저 멀리 해안선이 보인다. 완벽한 정원을 갖추고 있고 하우스 시팅(집주인이 집을 오래 비워야 할 경우, 동물이나 정원 관리를 할 수 있는 여행자가 그 집에 머무는 중개 서비스 _ 옮긴이 주)을 몇 년 동안 했던 집이라서 그런지 잔디밭이 어디부터 어디까지인지 별로 중요하지 않을 정도다. 야생화들이 가득 자라고 말들이 들어와 풀을 뜯어 먹는 곳이다.

이곳에서는 자연의 아름다움을 한껏 만끽할 수 있다. 이곳에 있으면서 가장 멋진 경험 중 하나를 바로 지난주에 하게 됐다. 바깥에서 낯선 동물 소리가 들려와 내다봤더니 커다란 황소 한 마리가 잔디밭에 들어와 어슬렁거리고 있었다. 그전에 보지 못했던 황소였다. 잔디밭의 풀을 깎지 않고 놔두기를 잘했다는 생각이 들었다. 봄이 되었으니 어차피 잔디는 또 빠르게 자랄 터였다.

몇 분이 지난 후 또 소리가 들리기에 돌아봤더니 황소가 머리를 뒷문에 들이밀고 있었다. 어릴 때 소를 키워 본 경험이 있는지라 소들이 부드럽게 대해 주면 순하다는 걸 알고 있기는 했지만, 이런 야생 황소는 본 적도 없었고 게다가 이렇게 큰 소를 대하는 건 처음이었다.

나는 소에게 "안녕!" 하는 인사를 건넸다. 내 목소리를 먼저 듣게 해서 별안간 사람을 보는 것에 소가 놀라지 않도록 한 것이다.

황소가 계속 돌아다니자 나는 뒷문으로 향했다. 처음에 황소는 움직이지 않았다. 내가 다가가 부드럽게 어루만지자, 머물러야 할지 아니면 떠나야 할지 잘 모르겠다는 표정으로 숨을 가쁘게 몰아쉬었다. 그래서 나는 황소 앞에 앉아 소와 눈을 맞추고 소의 얼굴을 부드럽게 쓰다듬었다. 나와 눈을 맞춘 황소는 내가 자신의 옆얼굴을 쓰다듬도록 내버려두었다.

여전히 약간 주저하는 눈치였지만, 내가 쓰다듬기를 멈추었는데도 황소는 떠나지 않았다. 그래서 다시 황소를 쓰다듬었더니 또 가만히 있었다. 심지어 눈을 지그시 감고 내가 쓰다듬는 걸 1~2분 정도 즐기는 눈치였다. 그러더니 정원의 풀을 다시 뜯어 먹기 시작했다.

스페인에서 쇠뿔에 받힌 여성의 기사를 읽은 지 한 시간 정도 뒤에 일어난 일이었다. 자연스럽게 소에게 마음이 갈 수밖에 없었다. 일단 인간과의 신뢰가 쌓이면 이들 황소가 얼마나 순한지 생각하게 되었다.

그 후 방목장을 따라 걷다가 익숙한 딱새 소리를 들었다. 내가 산책하는 곳이면 어디든 이 딱새가 따라온다. 내가 알아차리지 못하면 재잘재잘 노래해서 자신의 존재를 알린다. 내가 알아채면 포르르 날아가 다음번 담장에 앉아 나를 기다린다. 즐거운 경험이다.

어제 이 딱새 소리가 들려와서 담장 쪽을 봤더니 새가 그 황소의 머리에 올라앉아 있었다. 카메라가 있었으면 좋겠다고 간절히 바라는 순간이 있다면 그때가 바로 그런 순간이었다.

새들이 얼마나 자연스럽게 소나 말 위에 내려앉는지 나는 잘 안다. 소나 말에 대한 두려움 따위는 없다. 하지만 인간에게는 유대감이 없으면 절대 내려앉지 않는다. 아마도 새들은 인간에 대한 집단적인 두려움이 있으리라 짐작한다. 새들을 탓할 수는 없다. 인간들은 꿩을 사냥하고 오리와 닭을 사육하지 않는가.

황소는 오늘 아침에도 어슬렁거리며 잔디밭으로 들어왔다. 잔디밭에 있던 나도 황소도 서로 전혀 상대방을 어색해하지 않고 하던 일을 계속했다. 서로 공생하는 느낌이었다.

이곳의 자연을 통해 나는 매일 새로운 경이로움을 체험한다. 우리 인간이 자연이 주는 가르침에 열려 있기만 하면, 자연을 통해 배울 수 있는 것이 너무나 많다. 심지어는 도시에서도 공원 같은 곳에서 자연이 주는 영감을 느낄 수 있다. 인생에 있어 진정한 균형을 유지하고자 한다면, 자신이 할 수 있는 한도 내에서 자연에서 시간을 보내야 한다고 생각한다.

이 글을 읽는 독자들이 사는 곳에서도 새들은 노래할 것이다. 주변에 새들이 있다면 그 새들에게 주의를 기울여 보자. 이 멋진 지구에 함께 살고 있는 이웃들에게 배울 점이 많다. 생명은 다양한 언어로 우리에게 말을 건넨다. 우리가 할 일은 그들에게 귀를 기울이는 것이다.

━━━ 행복하기를 선택하자 ━━━

내 삶의 최대 축복은 44세에 자연 임신으로 딸 엘레나를 출산한 것이었다. 엘레나는 내가 45세 생일을 맞이하기 2주 전에 태어났다. 그때부터 엄마라는 새로운 삶이 시작되었다.

아이가 있다면 누구나 알겠지만, 부모 노릇이란 세상에서 가장 힘든 일이다. 하지만 가장 멋진 일이기도 하다. 내가 느끼는 가장 큰 즐거움은 아침에 일어나 옆에 누워 있는 딸의 얼굴을 보는 것이다. 아이의 얼굴에는 매일 아침 세상을 다 끌어안을 듯한 열의가 가득하고, 그 느낌이 나에게도 그대로 전염된다.

이 작은 아이를 통해 인생의 교훈도 얻는다. 태어날 때는 이토록 자유로운데 시간이 갈수록 제약이 많아진다는 사실에 슬퍼지기도 한다. 하지만 나는 딸을 통해 내 안에 있던 작은 어린

아이를 다시 끌어내서 교류하는 계기로 삼는다. 당신 마음속에도 여전히 작은 아이, 행복해지는 방법을 잘 아는 아이가 살면서 인생이 진정 즐거운 축복임을 상기시키고 있다.

그렇다면 어떻게 해야 자연스러운 행복을 느낄 수 있게 될까? 방법은 간단하다. 행복하기를 선택하면 된다. 한 번에 한 걸음씩, 선택하는 것이다. 성장의 대가로 당신에게 온갖 도전이 닥친다고 해도, 당신이 무엇에 집중할지 선택하는 것은 전적으로 당신의 권리다.

내가 돌보았던 죽음을 앞둔 환자들의 가장 흔한 후회는, '행복은 선택'임을 너무 늦게 깨달았다는 것이었다. 이들은 응당 누려야만 했던 행복이라는 권리를 주장하지 못하고, 타인의 의견에 삶이 휘둘렸던 과거를 돌아보며 괴로워했다. 이들이 행복을 선택할 기회가 있었음에도 그러지 못했다는 이야기를 할 때는 내 마음도 무척 아팠다.

만약 당신이 만성적인 통증에 시달리며 몸이 쇠약해지는 병으로 고통받고 있다면, "이렇게 아픈데 행복이라는 건 어디 있을까?"라는 질문을 던질 수도 있을 것이다. 하지만 당신을 아끼는 누군가의 덕분으로 가끔은 웃을 수 있지 않겠는가? 아픈 부위 외에 다른 곳은 그래도 잘 움직이고 있지 않은가? 당신에게 영감을 주고 기쁨을 줄 수 있는 자연의 소리가 가까이에 있지는 않은가?

어떤 시련이 당신의 삶에 닥치더라도, 당신은 언제나 긍정적인 부분에 초점을 맞추기를 선택할 수 있다. 현실을 부정하자는 것이 아니다. 당신이 집중하고자 하는 새로운 것 역시 당신이 겪고 있는 현실에 속해 있다는 점을 기억하자. 하루를 망치거나 한 주를 망쳤다고 해서 인생이 망하는 것은 아니다. 슬퍼하자. 화도 내자. 나쁜 기분이 든다면 그냥 기분 나빠하자. 그런 후에 또다시 행복하기를 선택하자.

당신이 실제로 행복할 가치가 있다는 점을 받아들여야 한다. 당신은 정말로 가치 있는 사람이다. 자신의 가치를 받아들이기 위해서는 자기를 사랑하고 용서하며 자신에게 고마워하는 과정을 거쳐야 하며, 의식적으로 그러기를 선택해야 한다. 당신 자신에게 친절하자. 그렇게 새로 시작하자. 단 몇 분이라고 해도 당신을 미소 짓게 만드는 무언가를 찾아라. 그런 느낌을 갖기 위해서는 연습이 필요하지만, 대부분 연습 과정이 그렇듯 연습 후에는 훨씬 더 나아진다.

삶이라는 것이 참 재미있는 점은, 당신이 행복할 때 삶이 더 원활하게 흘러간다는 점이다. 그렇기 때문에 행복한 사람이 부정적인 면에 초점을 맞추고 있는 사람에 비해 '더 좋은 운'을 만들어 낸다. 새로운 직업이나 새로운 인간관계, 새로운 그 무엇이 되었든 당신을 행복하게 만들어 줄 변화를 기다릴 수는 있다. 그런데 사실 변화는 그 반대 방향에서 일어난다. 즉, 먼저 행복하면, 나머지가 따라온다. 그러니 상황이 어떻든 뭔가 변화를 일으키고 상황을 개선하려면, 정신적으로나 육체적으로나 노력을 쏟아부어서 더 행복해질 필요가 있다. 낯선 사람에게 미소 짓고, 운동하고, 삶을 관찰하고, 보고 미소 지을 수 있는 놀라운 것을 찾아내야 한다. 그러면 당신의 심장이 당신에게 감사할 것이다.

즐거움에는 전염성이 있다. 행복함은 또 다른 행복을 끌어들인다. 그러니 당신이 행복해지면, 그보다 더 행복해진다!

당신의 삶을 살아가는 건 당신이다. 즐겁게 삶을 조각해 가자. 한 번에 한 걸음씩.

새로운 하루의 아름다움

새가 지저귀듯이, 또는 아기가 까르르 웃는 것처럼 온전한 즐거움으로 하루를 시작하는 것은 얼마나 아름다운가! 어떤 이유가 있어서가 아니라 그저 살아 숨쉬는 지금 이 순간이 즐거워서 노래 부르고 웃음 지을 수 있는 그런 하루의 시작 말이다.

봄이다. 주황색 나비가 짝을 지어 날아다닌다. 햇살이 밝게 내리쬐는 베란다에 앉아 아름다운 아침을 맞이한다. 곧 뜨거운 햇살이 들이닥치면 베란다에 앉아 있을 수 없을 것이다. 하지만 이른 아침의 그곳은 아름답다.

그저 눈 뜨면 즐거운 아기와 같이 순수하지는 않다고 하더라도, 하루의 시작을 이렇게 온몸으로 환영할 수 있는 방법이 있다. 하룻밤 자고 났을 뿐인데 완전히 새로운 삶을 시작하는 듯한 느낌을 받은 적이 있을 것이다. 물론, 어떤 날에 개운하게 잘 자고 일어나서 이런 긍정적인 마음으로 하루를 시작하게 될지 예측할 수는 없다. 하지만 그런 날 아침에는, 그 전 몇 주 동안 힘들었던 마음도, 흘렸던 눈물도 씻은 듯 사라지고 한층 더 가벼운 마음으로 세상을 선명하게 바라볼 수 있다.

최악의 상황은 지났다. 마음속에 불어닥쳤던 폭풍우도 지나 갔다. 폭우가 지난 후에 정리하고 추슬러야 할 것들이 남아 있 지만, 당신에게는 그렇게 할 힘과 에너지가 생긴다. 필요하다 면 다른 이들의 도움을 받을 수도 있다. 도움을 받을 수 있다는 가능성에 마음을 열어 두는 것이 좋다.

마음을 다스릴 충분한 시간을 갖고 그 시간에 온몸을 맡기는 것이 중요하다. 당신의 감정을 온전히 느끼는 경험을 통해 그 감정이 바깥으로 나올 수 있도록 허락해야 한다. 그러한 시간 이 없다면 성장이란 것이 가능할까? 어둠과 폭풍우가 없다면 아침의 아름다움을 과연 온전히 느끼고 향유할 수 있을까?

하루의 시작은 아침이라는 새로움을 흡수하고 다시 전진하 자고 다짐하는 계기가 된다. 희망과 회복의 계기가 된다. 물론, 때로는 잠자리에 누워 허공에 발차기하는 아기가 되고 싶거나 나뭇가지에 앉아 지저귀는 새들처럼 태평했으면 싶을 것이다.

하지만 또 다른 하루가 열렸고, 현실의 당신이 여기 있다.

즐거운 새소리가 들려온다. 이리저리 분주히 날아다니는 작은 새다. 가까이 다가오지는 않는다. 지저귀다가 깔깔 웃는 것처럼 크게 노래하는 걸 들으니 얼굴에 미소가 절로 번진다. 곤충들도 바삐 움직인다. 마음이 열린다. 새로운 하루가 시작되었다.

●───── 자존심 줄이기 ─────●

몇 년 전 내가 자주 가던 명상센터에서 봉사활동을 했던 때의 이야기다. 이 센터는 자원봉사자들의 힘으로 움직이는 곳이다. 다른 사람들이 수고하여 운영하는 명상 코스의 혜택을 받았다고 생각하는 사람들이 자발적으로 봉사활동을 이어 가는 식으로 운영되고 있었다.

몇 년 동안 나는 이곳에서 상당히 자주 봉사활동을 했다. 봉사를 하지 않을 때는 가능한 시간을 내서 명상을 했다. 내 삶에서 매우 특별한 치유의 시간이었다.

자원봉사자의 역할은 다양했다. 어떤 역할을 선호한다고 해서 그걸 맡을 수 있는 구조는 아니었다. 어쨌든 그 명상센터는 타인에게 봉사하려는 사람들이 모여서 무엇이 되었든 자신의 능력을 발휘하는 곳이었기 때문이다. 나의 경우도 내가 좋아하는 일, 예를 들어 여성 수강생 관리 등을 맡는 경우가 있었지만, 그렇지 않은 경우에는 부엌일, 정원 가꾸기, 청소, 사무업무 등을 하기도 했다.

한번은 주방 일을 맡게 됐다. 그때 주방 총괄 매니저 역할을 맡은 사람은 연륜 있는 교사였다. 타인에게 "이건 이렇게 하라, 저건 저렇게 하라."고 지시하는 것이 익숙해 보이는 분이었다. 명상센터가 아닌 다른 곳이라면 그런 리더십이 잘 먹힐 수 있다. 하지만 명상센터 주방을 총괄하는 것은 완전히 다른 일이다. 여기서 일이 잘 진행되게 하려면 사람들에게 무언가를 막 지시하기보다는 부드러운 당부사항 정도만 알려준 후 일하는 사람들이 알아서 잘할 수 있게 놔두는 편이 훨씬 나았다.

어느 날, 주방 매니저와 몇몇 봉사활동자 사이에 갈등이 폭발했다. 주방에 있던 나머지 봉사자들은 한쪽에서 이 상황을 지켜보고 있었다. (약간 주제에 벗어나는 이야기를 해야겠다. 주방에서 뭔가 갈등이 생기면 결국 음식에 어떤 식으로든 문제가 생긴다. 명상 코스 수강생들에게 제공되는 음식이 타거나 음식이 나가는 속도가 느려지면 주방에 무슨 문제가 있나 보다 하는 생각을 하게 됐다. 재미있게도 주방일이 순조롭게 잘 돌아가면 요리도 음식 서빙도 원활하게 잘 된다.)

이날 주방 총괄 매니저는 울음을 터뜨리며 뛰쳐나와 명상 담당 강사에게 일이 순조롭게 되지 않는다며 호소했다. 명상 세션의 가이드 역할을 하던 그 여성 강사는 아주 현명했다. 이름조차 그녀의 성격에 걸맞게, 우아하다는 뜻의 그레이스였다.

그레이스는 주방 매니저의 호소에 이 한마디를 남겼다. "우리 모두는 이 세상에서 자존심을 굽히는 방법을 결국 깨닫게 됩니다. 그러니 지금 할 수 있는 최선의 방안은 한 시간 동안 명상하고, 그 뒤 어떤 느낌이 드는지 한번 보는 것이 좋겠습니다."라고.

그 매니저가 다시 주방으로 돌아왔을 때 그녀는 완전 다른 사람이 되어 있었다. 마음은 평온해 보였고 상황을 받아들였다. 불교에서 가장 중요한 교리인 자비에 기반해, 다른 주방 스태프들 역시 지나간 일은 흘려보내고 상황을 수용할 수 있었다.

나는 그레이스가 주방 매니저에게 해 준 충고를 항상 기억한다. 이후에도 내가 그때와 비슷한 상황에 부딪혀 힘들 때마다, 우리는 결국 이 세상에서 자존심을 줄이는 법을 깨닫게 된다는 점을 떠올린다. 그렇게 마음의 선택을 내리고 나면, 부정적인 감정 대신 자비로움이 마음에 자리 잡는다. 실제로 남을 용서하지 못하거나 의견 충돌 후 한 발짝도 나가지 못하는 이유는 자존심 때문이다. 자존심이 강한 사람은 계속 고집스럽게 자신의 의견만을 주장하는 경향이 있다.

타인이 당신을 무시하도록 그냥 두라는 의미가 아니다. 나는 자기애와 자기 존중을 옹호하는 사람이다. 목소리를 높여 주장하는 것이 반드시 필요할 때도 있다. 그러나 불필요한 자존심 때문에 인간관계에서 서로 목소리 높여 주장만 하다가 너그러워지지 못하고 한 발짝도 전진하지 못하면서 소중한 시간을 낭비하는 경우가 너무 많은 것도 사실이다.

슬프게도 죽음을 앞둔 사람들과 가족들이 이런 고집을 피우는 경우를 보기도 했다. 그 결과, 세상에 풀지 못한 숙제를 남기고 숨을 거두는 사람도 있고, 망자의 가족들이 비슷한 문제로 괴로워하기도 한다. (다행히도 죽음을 앞둔 상당수의 사람들은 죽기 전 자존심 때문에 고집부렸던 게 얼마나 쓸모없는 것인지 깨닫고 오랫동안 안 보고 지냈던 가까운 사람과의 관계를 회복한다.)

자존심을 줄이고 우리 모두가 실수할 수 있음을 수용하는 것은 그동안 마음에 들지 않아 멀리했던 사람들에 대한 축복이기도 하고, 무엇보다 우리 자신에 대한 축복이다. 누가 잘했고 잘못했고 하는 것은 더이상 문제가 되지 않는다.

나는 이번 주에 자존심을 줄이는 방법에 대한 귀중한 교훈을 얻었다. 완전히 다르지만 여전히 유효한 교훈이다. 그런 훈련을 하는 건 나름 즐거운 경험이다. 그것으로 인해 진정한 효용을 얻을 수 있기 때문이다. 자존심을 줄이고 일하게 되면 새로운 자유가 생기기도 한다. 놀라운 경험을 할 수 있다.

가끔 내 블로그의 글을 다른 사람들이 퍼 가기도 한다. 이런 경우 보통 출처만 정확히 표기하면 게재를 허락한다. 그런데 어떤 경우에는 너무 나가는 사람들이 있다. 몇 년 전에는 어떤 분이 내 글을 퍼 가겠다고 하기에 허락을 해 줬더니 자신의 의견을 넣어서 완전히 다시 쓴 후 저자로는 내 이름을 쓴 적이 있다. 이 글을 본 후 나는 정중하게 수정 요청을 했다. 나는 그분의 의도 자체는 나쁘지 않았으며, 다만 표절에 대한 개념이 부족했던 것으로 판단했다. 결국 그분은 발행한 글을 수정해서 구독자들에게 다시 보냈다.

또 어떤 경우에는 내 글을 그대로 복사해 게재하고는 자신의 이름을 걸어 놓기도 한다. 이번 주에만 이런 일이 몇 번 발생했다. 이런 일은 주로 이메일 제보로 많이 알게 된다. 내가 알지는 못하지만 내 글을 좋아하는 독자가 제보해 주는 경우도 있다. 분명히 내 글인데 다른 사람이 쓴 것처럼 적혀 있는 이메일을 받았다며 친구가 알려 주는 경우도 있다. 내 이메일 발송 목록에 있는 사람들이 제보를 해 주기도 한다. 감사한 일이다.

지금과 같은 인터넷 세상에서 남의 글을 내 글인 것처럼 게재하는 것은 잘못된 행위다. 표절 행위로, 법으로 처리할 수도 있다. 하지만 정신적인 측면에서 나는 내 자존심을 최대한 줄이고 적어도 누군가가 내 글에 영감을 받았다는 부분에 마음의 평화를 찾곤 한다. 내가 쓴 글은 나를 통해 표현되었고 개인 경험을 기반으로 하지만, 영적으로 보자면 더 넓은 세상에서 기인한 것이다.

그런 사실을 기억한다면, 내가 한 말은 누가 이야기하든 원래 내가 의도했던 역할을 하고 있다는 측면에서 받아들이기가 한결 쉬워진다. 그 글로 인한 보상을 내가 온전히 다 가져가지 않는다고 하더라도, 그 글을 쓴 보상은 내 삶에서 다른 방식으로 구현되기도 한다. 내 글을 표절한 사람들조차도 그 행위를 통해 살아가면서 배우는 바가 있을 것이다. 즐거운 경험이든 아니든 그런 경험이 가이드가 되어 삶에서 배우는 바가 분명히 있다. 결국 내 글을 자신의 홈페이지에 재게시하는 사람들은 올바른 마음을 가지고 그렇게 했을 것이라고 믿고 싶다.

이상적으로, 내가 쓴 글에 대한 보상은 장기적으로는 내게 돌아온다. 나는 하나의 작품을 만들기 위해 몇 년간의 노력을 쏟아부어야 하고, 그 작품을 통해 먹고살아야 하는 작가이기 때문에 작품을 통해 보상받아야 할 권리를 갖고 있다. 하지만 전혀 생각지도 못했던 방식으로 보상이 돌아오는 경우도 종종 있다. 자존심을 줄이고 법적으로 어떻게 대처할지 기준은 정하되, 그 과정에서 내적 평화를 잃지 않도록 스스로를 믿으면 훨씬 더 마음이 편해진다.

삶은 우리 모두에게 자존심을 줄일 기회를 매일 부여한다. 분명 자존심은 많은 일을 해 낼 에너지를 준다. 그러나 그걸 버리고 한 발짝 물러서서 큰 그림을 보면 더 많은 자유가 기다리고 있다. 그렇게 한 발짝 물러선다는 결심을 한 당신의 지혜를 타인이 알아채지 못할 수도 있다. 하지만 그건 중요하지 않다. 그 결정 자체가 당신이 스스로에게 준 자유다.

자존심을 접는 훈련을 더 많이 할수록 더 쉬워진다. 그리고 자존심을 줄이는 것이야말로 내가 아는 한 최대한의 자유를 스스로에게 선물하는 방법이다. 스스로에게 줄 수 있는 선물은 많이 있다. 하지만 자존심을 줄이면 어떤 측면으로든 분명 보상이 있다. 우리 모두는 분명히 그런 선물을 받을 만한 가치가 있다.

4월
APRIL

●────아무것도 하지 않기, 무언가 하기────●

어떤 냉장고에 붙이는 자석에서 본 스페인 속담이다.

"아무것도 하지 않고, 그 후 온전히 쉬는 건 얼마나 아름다운가!" 정말 완벽한 명언이 아닐 수 없다!

지나칠 정도로 애쓰는 건 오히려 쉽다. 그저 내려놓고 우주가 만들어 내는 방향에 몸을 맡기는 게 더 힘들 수 있다.

의식적으로 만족스러운 삶을 만들어 내기 위해서는 분명 집중해야 하고 행동해야 한다. 그러나 인생의 목표는 내가 진정 원하는 것이 무엇인지 자문하고 그 방향으로 나아가는 것이어야만 하지, 모든 상황을 통제하려 드는 것은 아니어야 한다. 삶을 통제하는 데 집착하다 보면 당신 앞에 펼쳐질 행운을 막을 수도 있다.

그래서 어떤 경우 당신은 펼쳐질 상황을 기다려야 한다. 아무것도 안 하는 것처럼 보이지만 사실은 무언가를 하는 것이다. 일단 내려놓고 그 순간에 집중하며, 이미 결론은 나 있으므로 적절한 때가 되면 그 결론이 드러날 것이라는 믿음을 갖는 건 용기 있는 행동이기도 하고 보상이 따르기도 한다.

그러는 동안 스스로에게 즐거움을 허락하는 것 또한 못지않게 중요하다. 어린아이들은 자기가 있는 매 순간에 충실하기 때문에 아이들 곁에 있으면 좋은 기운이 가득하다. 사실 이런 어린아이들의 태도는 원래 자연스러운 것이지만, 어른이 되고 마음속에서 자의식이 커지면서 없던 공포가 만들어지기도 하고 결국 스스로를 방해하는 요소가 된다.

때때로 그저 내려놓고 잘 될 것이라는 희망과 함께 자연스럽게 상황이 정리되기를 기다리는 동안 할 수 있는 최선의 행동은, 되도록 그 상황을 즐겁게 넘기는 것이다. 사실 말이 쉽지 실제로 이걸 행동으로 옮기는 것은 어렵다. 하지만 이렇게 하면 다음에 벌어질 상황에 대해 수용할 수 있는 공간을 만들 수 있다. 또한 좋은 기운이 흘러들어 오게 할 수 있다.

기분이 좋지 않거나, 겁이 나거나, 패닉 상황이거나, 두려움에 떨고 있을 때, 당신은 그 두려움과 관련된 에너지를 발산하고 있기 때문에 결국 그 두려움에 더 많은 힘을 부여하는 셈이 된다. 그 상황에서 아예 내려놓고 무언가 다른 창의적인 일을 하거나 그냥 휴식을 취하면 당신의 영혼에 영양분을 공급할 수 있다. 앞으로 당신을 기다리고 있거나 와 주었으면 하고 바라는 행운에 당신 자신을 활짝 열게 되는 것이다.

그 기다림의 시간을 선물로 생각하고 감사하게 여기자. 그 시간을 좀더 창의적으로 즐겨 보자. 그림을 그리거나, 요리를 하거나, 무언가를 조각하거나, 글을 쓰고 음악을 흥얼거려도 좋다. 무엇이든 좋다. 갤러리에 전시할 만한 멋진 작품이 아니어도 좋다. 5성급 레스토랑에서 서빙할 만한 음식을 만드는 게 아니어도 좋다. 그저 당신이 즐기는 무언가를 하는 것이다. 무언가를 해야 한다는 죄책감 없이, 그저 마루에 누워서 공상하는 것도 좋다.

튼튼한 나무가 그렇듯, 사람도 어떤 기간 동안 집중적으로 성장한다. 당신의 마음이 빠르게 자라는 시간이 있다. 그 뒤에는 휴식 기간이 반드시 있어야 다음번 성장기를 맞이할 수 있다. 뭐라도 하고 있지 않으면 시간 낭비인 것 같아서 인생을 미친 속도로 질주하는 것은 아무에게도 도움이 되지 않는다. 특히 당신 자신에게 도움이 되지 않는다. 사실상, 무언가를 너무 많이 하는 것이 시간 낭비일 수 있다.

행동해야 할 시간이 오면 행동하라. 쉬어야 할 때는 휴식을 취하자. 균형과 행복을 통해 더 많은 성취가 가능하다.

내려놓는 데에는 용기가 필요하다. 휴식을 취하거나 아무것도 안 하는 시간을 죄책감 없이 자신에게 허락하려면 결단이 필요하다. 죄책감은 독약과 같아서 아무에게도 도움이 되지 않는다.

계곡을 찾아 발을 담가 보자. 분필로 그림을 그리거나 찰흙으로 뭔가 만들어도 좋다. 또는 그냥 아무것도 안 하는 상태를 즐겨 보자. 물론, 그 뒤에는 충분한 휴식을 취해 보자.

아무것도 하지 않는다고 해서 정말 아무것도 안 하는 것은 아니다. 오히려, 아무것도 하지 않는 것은 당신의 정신건강과 앞으로의 여정에 있어서 아주 중요한 무언가를 하는 것이다. 좋은 기운이 당신 쪽으로 오게 하는 행동이다. 당신의 삶에 활력을 부여할 것이고 삶에 균형을 가져다줄 것이다. 행동에 옮겨 보자. 스스로에게 휴식이란 선물을 주자.

때로는 아무것도 하지 않는 것이 당신에게 필요한 전부일 수도 있다.

────── 유연하게 사는 법 ──────

늘 똑같은 하루 일과에 정체되어 있는 경우를 종종 본다. 일상이 쳇바퀴처럼 똑같이 돌아간다는 건 어떤 경우엔 좋지만 그렇지 않을 수도 있다. 늘 똑같은 일과에 젖어 있다 보면 당신이 진정 갈망하는 것이 무엇인지 모를 지경이 된다. 아는 것이라고는 그렇게 갈망하는 삶을 지금 당신은 살고 있지 않다는 것뿐. 그리고 몇 년이고 당신을 지탱해 왔고, 당신의 라이프 스타일에 평정심을 유지해 주었던 일상이 더이상 작동하지 않게 된다.

많은 사람들은 이유도 모르고 일상생활의 쳇바퀴를 돌린다. 생체 시계가 아니라, 사람이 만든 시계에 따라 식사를 한다. 아침 티 타임은 오전 10시여야 한다. 점심은 무슨 일이 있어도 12시 정각에 먹어야 한다. 만약 7시 36분 전철이 5분 지체되면 하루 전체가 망한다. 토요일 아침은 청소하고 장 보는 시간이다. 휴가는 매년 같은 기간에 쓴다.

그러나 세상은 변한다. 당신 또한 변한다. 그러니 그 변화에 저항하기보다 변화에 몸을 맞춰 보자. 좀더 유연해지자. 과거에 당신과 잘 맞았던 일상생활이었더라도 어느 순간 갇힌 것처럼 갑갑하고 충만하지 않은 느낌을 준다면 말이다.

삶 전체를 완벽하게 통제해야 한다는 생각을 떠나보내는 것이 필요하다. 당신의 삶을 진짜 완벽하게 통제할 수 있었던 때가 한순간이라도 있었는지 생각해 보자. 그렇게 생각했던 순간 갑자기 예기치 못한 어려움 때문에 생활의 균형이 흐트러진 적도 있었을 것이다. 그렇게 되면 보이지 않는 문제에 대한 해결책을 찾아 헤매야 한다.

물론 어떤 삶을 통해 한 길로 나아간다는 집중은 좋다. 하지만 집중과 더불어 유연성도 필요하다. 살아가는 동안 새로운 환경을 만나기도 하고, 오랫동안 만나지 못했던 친구를 우연히 마주친다든지 하는 경험 속에서 내가 느낀 것은, 유연하고 변화에 열려 있을 때 삶에 가장 큰 보상이 찾아온다는 것이었다.

호주는 지금 봄이다. 이곳 호주 북서부 지역에서는 자카란다(능소화과의 정원수, 가로수로 호주에서는 10월에 보라색 꽃이 피며

남반구의 봄을 알린다. _ 옮긴이 주)가 활짝 피었다. 거대한 자카란다 나무에 보기만 해도 기분이 좋아지는 보랏빛 꽃이 만개해 골목과 거리를 아름답게 물들인다. 자카란다 꽃이 떨어지면 나무 밑이 온통 라일락 색깔이 된다. 꽃이 지고 나면 자카란다는 커다란 나뭇가지와 잎으로 땡볕에서 쉬어 갈 그늘을 제공한다. 사람들이 좋아하는 아름다운 나무다.

호주에서는 9월의 긴 휴가 시즌이 지나고 10월 첫 주가 되면 자카란다 꽃이 피는 시점이 된다. 동네마다 자카란다 꽃이 피는 시점에 관광 행사와 페스티벌을 기획한다. 하지만 언제나 상황이 같을 수는 없는 법이다. 자카란다가 늘 피던 시점에 꽃이 피지 않는 경우도 생겼기 때문이다. 마치 계절 자체가 바뀐 것 같았다. 내가 사는 곳 바깥에 있는 자카란다 나무는 11월에도 꽃을 피우지 못했다. 작년에는 12월에 꽃이 피었다.

삶은 변화한다. 삶을 최대한 즐기기 위해서는 이 변화를 받아들이고 유연해질 필요성이 있다. 계절 자체도 늘 똑같은 시기에 찾아올 것이라고 예상할 수가 없는데, 하물며 삶은 더하지 않겠는가! 죽음과 변화를 제외하고는, 어떤 특정한 결과가 항상 온다고 장담할 수 없는 법이다. 그러니 어느 정도까지는 규칙적인 일상생활이 도움이 되겠지만, 그만큼 삶에 유연함을 가지는 것도 도움이 된다. 엄격한 통제가 주는 제한을 조금만 느슨하게 풀면 더욱 자연스럽게 흘러가는 삶을 즐길 수 있게 된다.

주중에 하루 휴가를 내 본다든지, 저녁 대신 아침에 친구와 만나는 시간을 갖는다든지, 아이들에게 옷을 골라 주는 대신 아이들이 직접 옷을 골라 입게 한다든지 (그래서 고른 옷이 눈에 거슬린다 해도)……. 이런 행동을 통해 '꼭 이렇게 일상을 보내야 한다'는 강박관념에서 벗어나 더욱 유연한 삶을 누려 보자.

유연한 삶을 살게 되면, 지나치게 경직된 생활에서 벗어나는 것만으로도 놀라움과 즐거움을 경험할 수 있다. 당장 내일부터 일상을 조금 바꾸어 보자. 빡빡하게 짜여 있던 스케줄을 약간 느슨하게 만들어 보자. 하려고 했던 일을 다른 때 언제 할 수 있을지 생각해 보고, 뭔가 다른 일을 대신 해 보자. 아니면 아예 뭔가를 해야겠다는 생각을 하지 말고, 무작정 거리를 한번 걸어 보자. 늘 똑같은 일상, 삶에 대한 통제, 경직에서 벗어날 때 어떤 시간이 펼쳐지는지 살펴보자.

스스로 규범처럼 가두어 놓은 똑같은 일상에서 과감히 한 발짝 걸어 나오면, 희열과 보상이 찾아온다. 진짜 그렇게 실험해 보지 않는 한 어떤 희열과 보상이 있을지 알게 되기란 불가능하다는 것을 기억하자.

나다워질 자유

딸 엘레나는 내게 기쁨을 가져다주었다. 귀여운 목소리나 깔 깔대는 웃음소리를 들을 때마다 행복을 느낀다. 엘레나는 모 든 게 궁금하다. 쉬지 않고 말도 안 되는 단어들을 쫑알거리기 도 하고, 내 윗옷을 들추고 배에 입술을 댄 후 부르르 소리 내 는 장난을 치기도 한다. 밤에는 내 옆으로 기어들어 와 잠든다. 이 모든 행동이 사랑스럽지만 엘레나의 엄마가 되어 가장 좋 은 점은, 자기 자신이 될 때 절대적인 자신감을 발휘하는 엘레 나의 모습을 보는 것이다. 엘레나는 자유롭다.

우리 모두는 엘레나처럼 자유롭게 태어난다. 의식적으로 자 신에게 진실한 삶을 살고자 하는 사람들은 성인이 되면 아이 시절의 자유 비슷한 것을 되찾으려고 상당한 시간 동안 노력한다. 이런 노력의 크기를 결정하는 것들은 다음과 같은 요소이다.

"이렇게 하면 이런 보상이 있다."는 식의 조건화 과정을 그동안 얼마나 길게 겪었는지, 더이상 효과적이지 않은 (효과적인 적이 있었다면 다행일 법한) 습관이나 신념을 뿌리 뽑기 위해 얼마나 큰 고통을 겪어야 하는지, 그 과정에서 발휘해야 하는 용기가 얼마나 필요한지 (또는 용기가 얼마나 부족한지), 그리고 가장 힘든 격동의 시간을 헤쳐 나갈 수 있게 해 주는 자존감이 얼마나 형성되어 있는지.

자유는 여러 신체적, 정서적 형태로 나타난다. 당신은 육체적으로는 자유로울 수 있지만, 감정적으로는 구속을 느낄 수도 있다. 감정적으로 자유로워지기 전까지는 진정 자유롭다고 말할 수 없다. 이 완전한 자유를 얻기 위해서는 자기를 사랑하는 마음인 자기애와 자기애 덕분에 생기는 모든 관점, 교훈, 통찰력, 아름다움이 필요하다.

자기 자신에게 친절할 수 있다면 다른 사람을 향해서도 친절해질 수 있다. 만약 다른 사람에게는 친절하지만 자기 자신에게는 그러지 못하고 있다면, 자기를 사랑하는 마음을 향한 여정을 떠나야 할 필요가 있다.

두렵더라도 마음이 원하는 대로 더 많이 행동할수록 자기 자신에게 사랑을 주는 행동을 더 많이 연습할 수 있다. 장담하건대, 자기 자신을 사랑하는 것은 아름답다.

그 과정에는 극복해야 할 많은 장애물이 있는데, 대부분은 스스로를 진정으로 사랑하기 위해 다음 단계로 나아가는 과정에서 생겨난다. 그럴 때 자기 학대에 빠지는 경우도 있다. 이 길이 더 고통스럽기는 하지만 익숙하기 때문이다.

그럴 때는 이걸 기억하면 좋겠다. 당신 자신이 되어도 괜찮다! 당신은 용감해져도 되고, 훌륭해질 자격이 있고, 무엇보다 행복해져도 괜찮다. 당신 자신에게 완벽하고 의미 있는 삶을 살아도 괜찮다. 당신은 당신 자신이 될 수 있다.

당신만 좋다면, 그리고 그럴 수만 있다면, 길거리를 향해 큰 소리로 환호하는 게 무슨 문제가 있겠는가? 아무 문제 없다! 최종 목적지를 잘 모르더라도 마음을 따라가는 선택을 위해 남들이 다 일하는 주 40~60시간짜리 직장을 그만두는 게 무슨 문제가 있겠는가? 아무 문제 없다! 당신을 잘 알지도 못하고 전체 상황도 잘 모르면서 이미 당신을 판단의 잣대에 올려놓은 사람에게 구구절절 설명하지 않기로 선택한 것이 무슨 문제일까? 아무 문제 없다! 50대가 된 당신이 지칠 때까지 트램

펄린에 올라타서 실없이 깔깔 웃어 젖히는 게 무슨 문제인가? 아무 문제 없다! 항상 꿈꾸던 사람이 되는 게 뭐가 문제인가? 아무 문제 없다! 항상 내가 되고자 했던 사람이 되어 보는 게 무슨 문제가 있는가? 아무 문제 없다! 당신다워지고 싶다는 데 무슨 문제가 있는가? 아무 문제 없다! 아무 문제 없다! 아무 문제 없다!

만약 당신이 내면의 변화를 꿈꾸고 있다면, 당신 자신을 허락하는 것부터 시작해야 한다. 가족이란 의무가 있다고 해도, 당신 스스로를 위해 긍정적이고 자기애적인 선택을 할 수 있다. 가족 구성원이 행복하면 가족 모두가 그 행복과 기쁨을 공유할 수 있다. 진짜 당신을 아끼는 사람이라면 이런 점을 잘 알고 지지해 줄 것이다.

당신은 자유롭게 선택할 수 있다. 당신 마음이 가는 대로 선택할 자유가 있다. 종종 그 권리를 행사하라. 당신의 인생이다. 당신은 당신다워질 자유가 있다.

●——— 준비, 출발! ———●

인간에게 꿈을 꾸고 삶을 확장하고자 하는 것은 자연스러운 욕망이다. 반면 인생은 목적지가 아니라 여정에 더 초점을 맞춰야 한다는 이야기도 있다. 한편 목적지, 또는 거기에 닿고자 하는 희망은 시련을 헤쳐 나갈 수 있는 수단이 된다. 하지만 한 가지 확실한 사실은, 당신에게 주어진 현재라는 선물을 음미하려면 가능한 한 지금 이 순간을 충실하게 살아야 한다는 것이다.

만약 희망이 당신을 끌어당기는 전부라면, 온 마음을 다해 그것을 붙잡아라. 그러나 지금 이 순간에 충실하게 되면 과거에 받은 상처나 미래에 대한 두려움이 그 순간을 방해하지 않게 되므로, 믿을 수 없을 정도로 평화로워질 수 있다. 물론 당신의 내면에 도달한다는 건 고통스러울 수도 있고, 저항하는 기존 사고방식을 깨야 한다는 어려움이 있겠지만, 보상만큼은 분명히 그만한 가치가 있다.

그렇다면 어떻게 해야 지금 이 순간에 충실하면서도, 꿈을 향해 노력하는 것을 병행할 수 있을까? 지금 이 순간과 도달하고자 하는 바에 대해 감사하면서 성장의 과정을 즐긴다. 미래에 꿈꾸는 삶을 위해 준비하면서 지금 주어진 하루에 대해 감사한다. 그런 후 그 꿈이 실제 삶에서 물리적 현실로 다가오면, 그것은 이미 당신 자신의 일부분이 된다.

꿈을 실현하게 되는 것에 대한 두려움은 흔하게 생겨난다. 두려움은 대개 너무 앞서 생각하고 그것이 어떻게 일어날지, 어떻게 당신의 삶을 변화시킬지 걱정하기 때문에 발생한다. 그러나 그런 목표를 향해 노력하면서도 현재가 주는 존재감을 유지할 수 있다면, 한 걸음 한 걸음 나아갈 때마다 두려워지기보다 평온해지고 확신을 갖게 될 것이다.

갑자기 어느 날 잠에서 깨어난다고 해서 꿈을 위한 준비가 끝나는 것은 아니다. 성장을 통해 꿈으로 진입해야 한다. 이렇게 할 수 있는 유일한 방법은 자신이 꿈꾸는 삶을 위해 스스로 준비하며 한 발짝 한 발짝 나아가는 것이다. 이렇게 꿈에 더 가깝게 다가가면, 마침내 꿈을 성취할 가능성도 커진다. 삶은 당신의 용기에 보상을 내릴 것이다.

믿음과 희망은 분명 중요하다. 하지만 결국 꿈을 향한 준비성이 성패를 가른다. 많은 우회로와 장애물이 있겠지만 꿈을 향해 노력하라. 명료한 비전이 필요하지만 때로는 유연해야 할 수도 있다. 노력하는 과정에서 얻은 교훈을 통해 애초 세웠던 비전을 뛰어넘는 결과가 나올 수도 있다.

이 중 그 무엇도 애초에 시작할 용기가 없다면 이룰 수 없다. 마음이 원하는 바를 향해 노력하면서, 눈으로는 중간중간 삶이 주는 선물을 놓치지 말아야 한다. 현재의 삶을 놓치면, 언제나 삶의 뒤꽁무니를 쫓아가게 될 것이다. 목표를 달성할 수는 있어도 성취는 할 수 없다. 목표가 당신을 채워 줄 것이라는 생각에 의존하면 안 된다.

가능한 한 현재에 충실하려고 노력하면 정신 또한 무한히 맑아진다. 결과를 통제하려는 데 소모되는 에너지를 줄일 수 있다. 결과를 통제하려 들면 결국에는 에너지의 흐름이 막히기 때문이다. 정신이 맑으면 도중에 나타나는 표지판과 기회를 더 잘 수용할 수 있다.

인생이라는 것은 확실히 현재를 충실하게 살아가는 것을 뜻한다. 꿈은 인생이라는 여행에 자연스럽게 수반된다. 그러니 시작해 보자. 그림을 그릴 수 있는 백지 한 장을 가진 어린아이처럼, 앞으로 어떻게 그려 나갈지에 대한 비전을 갖고 출발해 보자. 처음에 상상했던 것과는 다른 비전으로 바뀐다고 하더라도 그런 변화 또한 아름답지 않겠는가?

계속 당신의 길을 변화시켜 보자. 얼마나 많은 변화가 필요할지, 또는 그 길에 얼마나 큰 시련이 있을지와는 관계없이. 하지만 그 과정에서 계속 준비를 해 나가자. 원하는 삶을 준비하라. 인생에서 꿈이 펼쳐질 공간을 만들어라. 성장을 통해 그 꿈 안으로 진입하라. 그 꿈 또한 당신을 원할 것이다.

당신 자신을 준비시켜야 한다. 그러는 사이 이미 출발한 당신을 보게 된다. 출발 후 가속이 붙으려면 그 전부터 쌓아 왔던 준비 과정이 필요할 수 있다. 그렇게 당신의 노력이 삶에서 보상받는다.

너무 앞서 생각함으로써 두려움이 성공을 방해하는 대신, 바로 이 순간 현실에 충실하면 꿈을 향해 성장해 나아가는 과정에서 성과를 충실하게 음미할 수 있게 된다.

이제 준비되었다.

5월
MAY

●_____ 때로는 투명 망토가 필요해_____●

'투명인간'은 1970년대 중반 호주에서 방영되었던 TV프로그램이다. 어린 시절 좋아했던 프로그램이기도 하다. 지금도 나는 투명인간이 있는 것처럼 상상하는 경우가 있다. 예를 들어, 몇 킬로미터 앞을 봐도 차가 한 대도 보이지 않는 뻥 뚫린 도로에서 운전하다가 방향지시등을 켜지 않고 차선을 바꾸는 경우다. 이럴 때 나는 바꾼 차선에 그 투명인간이 (물론 투명 차를 운전하고) 있었다고 가정하고, 그가 갑자기 훅 치고 들어온 나 때문에 핸들을 확 꺾었을 것이므로 투명인간에게 사과한다. 이 투명인간은 결코 경적을 울리지도 않으니 꽤 참을성 있는 운전자일 것이다.

가끔 투명 양복을 빌리는 상상을 하면서 몇 년을 보낸 적도 있었다. 사실 드라마에서는 사람이 안 보이고 양복은 보이는 설정이긴 하지만. 그런 상상을 하면 뇌세포가 즐거워졌다. 상상 속에서 내 욕망은 다양했다. 예를 들어, 1백만 달러 이상의 현금을 관리하던 은행원 시절엔 투명 양복 생각이 좀더 간절하긴 했다. 하지만, 오호통재라! 현실의 나는 내가 만지는 돈과는 전혀 관계없는 월급쟁이일 뿐이었다. (은행에서는 당연히 자신이 받는 연봉보다 훨씬 큰돈을 만지는 경우가 많다.)

또 이런 생각이 자연스럽게 떠오를지도 모르겠다. 직장이나 일상생활에서 투명 양복을 입고 친구를 골탕 먹이고 싶다거나 벽에 붙은 파리가 되고 싶을 수도 있다. 누군가의 말에 동의하지 않을 때 투명 양복을 입고 "개소리!"라고 외친 후 다른 사람들이 깜짝 놀라 그 목소리가 어디서 들리는지 두리번거리게 하고 싶을 수도 있다. 가볍게 장난치는 정도로 해로울 건 없을 테니 말이다.

내가 처음 공연 무대에 섰을 때, 나는 자주 그 투명 양복을 갈망했다. 어떤 경우엔 곡을 중간까지 연주했는데도 그런 생각이 간절했다. "죄송합니다, 여러분. 여기서 보이지 않는 양복을 입어야겠습니다." 그러고는 기타리스트 혼자 무대에서 퇴장하는 것이다.

운전하다가 어떤 험악한 인간이 당신에게 소리를 지른다? 그러면 투명 양복을 입고 유유히 운전해 빠져나가면 된다. 그 운전자가 욕지거리를 하기 위해 당신 차에 바짝 붙었다가, 소리 지를 사람이 없다는 걸 알고 어안이 벙벙해질 것이다. 제발 좀 그렇게 되면 좋겠는데, 그 운전자는 그런 일을 겪고 난 후에는 다른 운전자에게 성질내는 난폭 운전을 아예 못 하게 될 수도 있으니 말이다.

투명 양복이 있다면 당연히 좋은 용도로도 사용하고 싶다. 새장에 갇힌 새들을 자유롭게 풀어 준다든지, 잔인함에 시달리며 갇혀 있는 동물 우리의 문을 열어 풀어 준다든지, 격려가 필요한 사람들을 위해 아름다운 격려 표지판을 들고 있다든지, 사랑하는 사람들의 뺨에 부드럽게 입맞추는 것 등이다.

투명 양복은 분명히 이 모든 것을 훨씬 더 쉽게 만들겠지만, 굳이 그러지 않더라도 세상에 선의를 퍼뜨릴 수 있다. 적절한 타이밍에, 약간의 전략과 용기, 약간의 장난기만 있으면 된다.

그러니 실없는 장난을 친 지 오래됐거나 아예 그런 장난을 쳐 본 적도 없다면, 지금 한번 계획해 보자. 사랑하는 사람이나, 심지어는 낯선 사람을 위해 깜짝 행동을 계획해 보자. 그런 당신의 행동은 상대방뿐 아니라 당신 자신에게도 유익하다.

기분이 좋아지기 때문이다. 세상에는 재미있는 사람이 필요하다. 집안에 행복한 사람이 많을수록 가족 전체의 행복은 더욱 커진다. 창의력을 발휘해 보자. 장난쳐 보자. 재미있다!

그리고 걱정하지 마라. 만약 창고정리 세일을 하는 상점에서 눈에 보이지 않는 양복을 보게 되면 당신에게 꼭 귀띔해 줄 테니 말이다.

19th Week

●────── **매사에 감사하기** ──────●

싱어송라이터 지망생 시절, 운이 좋게도 호주 음악계에서 꽤 유명한 사람들을 비롯해 멋진 사람들을 많이 만날 수 있었다. 내가 결코 특별히 뛰어난 연주자가 아니었던 것을 감안하면 (포크음악 클럽에서 연주할 때를 제외하고. 거기에서는 내가 상당히 두각을 나타내긴 했다.), 최고 수준의 음악인들과 어울릴 수 있었던 훌륭한 배움의 기회였다.

1980년대 형과 함께한 밴드에서 전 세계적으로 이름을 날렸던 토드라는 뮤지션과 이야기할 기회가 있었다. 나는 토드에게 어떤 노래에서 실수를 저질러 공연 전체를 망친 적이 있다고 말했다. 토드는 그저 어깨를 으쓱하고 웃으며 이렇게 말했다. "언제나 다음 노래가 있죠."

그가 옳았다. 노래 하나에서 실수한 것에 신경 쓰다가 공연 전체를 망칠 필요는 없었다. 토드가 남긴 짧은 이 한마디로, 이후 공연을 하는 내 태도는 180도 바뀌었다. 이후 나는 실수를 하더라도 금세 넘기고 다음 곡을 새롭게 시작할 수 있었을 뿐 아니라, 나중엔 연주하다가 실수하면 관객들과 함께 웃을 수 있는 경지에 도달하게 됐다. 실수 한 번 한다고 세상이 끝나는 것도 아니고, 우리는 모두 인간이니까 말이다.

그 간단한 한 마디 조언을 들은 뒤, 나는 완벽한 타이밍에 적절한 말을 들을 수 있는 것에 감사하게 되었다. 뭔가 변화가 필요한 상황에서 조언 덕분에 변화할 수 있었다. 충고를 들을 수 있다는 것 자체도 감사한 일이었지만, 여러 가지 다른 측면에서 더 깊은 감사의 마음이 생겨났다. 공연에서 연주가 잘 되면 다음 곡을 연주하기 전에 반드시 감사하다는 말을 하기 시작했다. 공연 내내 감사하다는 멘트를 여러 번 했다. 노래가 잘 되어서 감사하고, 관객과 교감할 수 있어서 감사하고, 나를 통해 음악이 흘러갈 수 있는 기회에 감사하고, 창의적인 음악적 표현에 감사하고…….

결과적으로 공연에 임하는 나 스스로의 즐거움이 더 커졌고, 관객들 또한 더 많은 즐거움을 경험할 수 있게 되었다. 예전에 느꼈던 상당한 부담에서 벗어나면서 공연을 훨씬 더 잘 진행할 수 있었다. 간혹 실수를 저질렀다고 해도 어떤 면에서든 실수를 통해 배울 수 있다는 점에 감사할 수 있었다.

매일 우리의 삶은 충분히 감사할 만한 기회와 선물을 준다. 심지어 처음에는 당신이 불편해하던 기회들조차도 말이다. 무대에 서는 동안 느꼈던 불안감을 통해 나 자신과 삶에 대해 너무나 많은 것을 알 수 있었다. 그래서 무대 위 경험은 설령 나 자신이 아닌 다른 이로 변신하더라도 언제나 긍정적인 경험이었다. 이제는 무대에 서든 노래를 부르든 그것을 즐길 수 있게 됐다. 지금의 나는 예전의 나와는 완전히 다르기 때문이다. 하지만, 한 걸음씩 먼저 내딛지 않았더라면 지금의 내 모습이 만들어질 수는 없었을 것이다.

인생에는 당신을 최대한도로 시험에 들게 한 후 그 뒤에 작은 시험에 들게 하는 경우가 많다. 처음에는 고통스럽지만, 이런 배움의 과정을 통해 당신 내면에 있던 또 다른 면모를 알 수 있게 된다. 삶이라는 긴 여정에서 무언가를 배울 수 있고 사랑할 수 있다는 것만큼 중요한 것은 없다. 당신 자신의 한계를 시험하는 과정은, 결국 당신에게 도움이 되고 당신을 성장시킬 것이다.

물론, 감사를 느껴야 할 더 분명한 것들, 일상생활에서 종종 당연하게 여겨질 수 있는 것들도 많이 있다. 감사하는 습관을 기른다는 것은 당신에게 더 좋은 기운을 가져다줄 뿐만 아니라 행복감도 가져다준다. 고마워할 줄 아는 사람은 행복한 사람이다. 내가 이미 가진 것에 대해 고마워하는 습관을 들이면 인생이 풍요로워진다. 모든 이들에게는 감사할 만한 것이 있다.

- 숨을 쉬고 있는가? 그렇다면 여러분의 폐와 몸에 산소를 공급하는 공기에 감사하라.
- 누군가 최근 당신을 보고 미소 지었는가? 그 사람과 마주칠 수 있었음에 감사하라.
- 독립적으로 살 수 있을 만큼 건강한가? 건강이라는 자유에 감사하라.
- 신선한 과일을 먹을 수 있는가? 이렇게 풍요로운 산물을 누릴 수 있게 해 준 대지에 감사하라.
- 선택의 여지가 있는가? 자유로운 마음과 그 자유를 머리로 활용할 수 있다는 점에 감사하라.
- 당신이 죽는다면 그것을 알아챌 누군가가 있는가? 완전히 혼자가 아닌 것에 감사하라.

- 마실 물이 있는가? 생명을 유지하는 데 필수적인 물을 마실 수 있음에 감사하라.
- 최근 웃을 일이 있었는가? 웃을 수 있었음에 감사하라.

아름다운 인생이다. 그 인생은 당신이 만들어 나가는 것이다. 감사하면 모든 것이 쉬워진다. 감사는 도전의 크기를 줄이고, 빛은 더하며, 더 많은 긍정적인 사람들과 상황을 당신 옆으로 끌어들인다. 감사는 잠긴 문을 열 수 있는 열쇠다.

무대에서 저지른 실수를 통해 간단한 인생의 진리를 알 수 있어서 좋았다. 언제나 다음 곡이란 있게 마련이고, 실수를 저지르더라도 난 참 인간적이라며 한번 웃어넘겨도 괜찮다.

항상 다음 순간은 있다. 그 다음 순간을 잘 활용하자. 당신이 매일 인생에 웃고 감사하면, 삶 또한 당신에게 그 감사함을 더 큰 축복과 기쁨으로 되돌려 줄 것이다.

삶에 감사하자. 당신의 인생은 정말 살아갈 만한 가치가 있으니까.

공감 안에서의 성장

삶이 내게 준 가장 큰 교훈 중 하나는 공감이다. 공감은 이제 나라는 사람을 구성하는 한 축이 되면서, 나는 어디에서나 공감할 수 있는 사례를 보려고 한다. 이렇게 하면 내 영혼이 따뜻해지고 마음이 위로된다.

우리가 만들어 낸 이 바쁜 세계에서는 광기 어린 일들이 너무나 많이 일어난다. 하지만 사람들이 서로를 보살피는 모습을 가끔씩이라도 보게 되면, 인류는 원래 선량하고 친절하다는 점을 재확인할 수 있다. 그렇지 않은 사람들은 그저 잠시 길을 잃은 것이라고 생각하게 된다.

공감이란 친절함, 동정, 배려, 그리고 특히 최대한 다른 사람의 입장에서 상황을 느낄 수 있는 능력이다. 신사답고 현명한 20세기 학자 토머스 머튼Thomas Merton은 공감을 "모든 살아 있는 존재들은 상호의존적이라는 사실을 깨닫는 것"이라고 묘사한다. 다른 이들이 고통받지 않기를 바라는 마음이라는 것이다.

공감은 물론 인간의 감정이다. 그러나, 공감은 그 공감이 향하는 대상이 인간이든 그렇지 않든 사랑의 에너지를 발생시키는 강력한 힘이다. 공감은 또한 공감하는 이에게는 마음 깊은 곳으로부터 애정이 샘솟는 기분과 마음이 열리는 느낌을 맛보게 해 준다.

공감은 모든 것을 되돌릴 힘을 가지고 있다. 만약 공감이라는 관점에서 삶을 볼 수 있다면, 내가 반드시 옳아야 한다는 고집과 자아를 내려놓는 대신, 진심에서 우러나오는 마음으로 삶에 임할 수 있다. 공감한다는 것은 옳고 그름을 따져야 한다는 강박관념을 내려놓고, 감정적으로 성숙해짐을 선택하는 것이다.

우리 모두는 이미 약간의 공감 능력을 가지고 있다. 그 능력 중 일부를 바깥으로 드러내려면, 약간의 도움이 필요할 뿐이다. 예를 들어, 고집 때문에, 상처 때문에, 서로를 용서하지 못하는 것 때문에 상대방과의 관계에 있어 계속 시간을 낭비하고 있는 상황이라면, 상대방의 처지에 공감하면서 상황을 다르게 보려고 시도할 수 있다. 그렇게 한다고 당신이 반드시 상대방의 행동에 동의한다는 것을 의미하지는 않는다. 부정적인 에너지가 두 사람의 관계에 더이상 영향을 끼치지 않도록 의식적으로 선택한다는 뜻이다.

어떤 상황을 상대방의 입장에 서서 바라보기로 선택하면, 상대방을 더 친절하게 바라볼 수 있고, 상대방의 허약함과 함께 당신 자신의 허점도 인식할 수 있다. 우리 모두는 그저 행복해지려고, 고통을 피하려고 애쓰는 것이다. 그 누구도 인생의 쓴맛을 보거나, 실수하거나, 다른 사람에게 상처를 주는 말이나 행동을 하는 것에 대해 완전히 면역되지는 않는다. 의식적으로 선택하든, 그렇지 않든, 우리는 모두 끊임없이 배우고 있다.

만일 어떤 상황에서 당신의 자아를 내려놓을 수 있고, 당신이 옳아야 한다는 마음을 버리고, 상대방이 한 말은 어쩌면 상대방이 지금까지 해 온 모든 행동과 경험의 결과라고 인식할 수 있다면, 상황은 자연스럽게 즉시 누그러진다.

모든 것에 동의할 필요는 없다. 공감이라 함은 상대방은 구하고 자신은 희생시키는 것이 아니다. 우리 모두가 근본적으로는 선하고 인간적인데, 때로 그 인간적 측면이 덜 호의적이거나 덜 바람직한 방식으로 나타날 수 있다는 점을 이해하는 것이다.

타인이 불친절하게 말한다면, 그건 그 사람이 자연스럽게 행동하고 있지 않다는 뜻이다. 우리는 모두 마음을 활짝 열어 놓은, 사랑하고 사랑받는 존재로 태어난다. 그러나 수년간의 상처와 공포 때문에 우리는 때때로 우리 내면의 진정한 지혜와 단절된 방식으로 행동하기도 한다. 그래서 원래 당신은 사랑이 가득한 사람이라는 점을 잊어버리고 행동하는 경우도 있고, 당신에게 불쾌한 말투로 말한 그 사람 또한 자신의 진정한 모습을 잊어버렸기 때문에 그렇게 행동할 수도 있는 것이다. 하지만 우리 모두 그런 상황에서 어떻게 대응할지는 선택할 수 있다.

상대방에게 상처를 입혀서 기왕의 고통에 더 많은 고통을 더할 수도 있지만, 감정적으로 성숙한 지점에서 공감하는 시각으로 상황을 바라보기를 선택할 수도 있다. 자아가 버티려고 할 것이다. 머리가 아니라 마음으로 상황을 보려고 하면 자아는 힘을 잃고, 그게 마음에 들지 않을 수도 있다. 그러나 시간이 흐르면서 공감을 통해 성장하고 발전하면 오히려 자연스러워진다. 연습하면 쉬워진다.

나는 용서하는 법을 끊임없이 익혀야 하는 환경에서 자랐다. 치유하는 데 수년이 걸리는 감정적인 상처를 견뎌냈지만, 용서는 내가 앞으로 나아갈 수 있는 유일한 길이었다. 그렇게 연약하고 예민했으며, 비슷한 상황에 계속 노출될까 봐 한 해 한 해 두려웠던 상황에서 어떻게 용서할 수 있었을까? 공감 능력을 키운 후에야 상황이 바뀌기 시작했다. 엄청나게 변했다.

공감 능력이 생기면 상황을 개인적으로 받아들이지 않는 법을 배울 수 있다. 왜냐하면 그건 당신의 잘못이 아니기 때문이다. 당신에게 쏟아붓는 것은 바로 상대방의 고통이다. 만약 당신이 그 상황을 분리해 내고, 당신에게 던져진 것이 무엇이든지 간에 그건 상대방 상처의 발현일 뿐이라는 점을 깨달을 수 있다면, 상대방에 대한 연민을 가질 수 있고 비로소 놓아줄 수 있을 것이다. 이것은 부정적인 상황에 더 많은 힘을 부여하는 걸 멈추고, 당신뿐 아니라 이 상황에 관련된 모든 이들의 치유를 시작할 수 있는 계기가 된다.

슈퍼마켓 종업원이나, 성미 급한 운전자 때문에 기분이 상했더라도 문제없다. 공감 속에서 발전하고 성장할 수 있는 기회는 매일 발생하는 법이니까. 자아를 내려놓고 상대방의 막말을 너무 심각하게 받아들이지 않기 위해서는, 또는 당신의 친절을 거부할지도 모르는 사람에게 친절해지기 위해서는 노력이 필요하다. 그 상황이 당신을 향하는 것이 아니라 상대방을 향하도록 만들어라. 그러면 상대방을 향해 친절함을 베푸는 가운데 앞으로 나아갈 수 있다. 공감의 힘이 인간의 이해를 훨씬 뛰어넘는 힘이 되어, 필요한 변화를 만들어 낼 수 있다는 것을 믿을 수 있게 된다. 공감은 한번 마음속에 자리하면 삶의 모든 영역에 스며드는 사랑스러운 에너지가 된다.

그렇다면 어떻게 공감이 성장으로 이어지는 것일까? 어떻게 공감 능력을 키울 수 있을까? 공감은 자기를 공감하는 것에서부터 시작해야 한다. 이것이 공감 능력을 키우는 데 있어서 가장 어려운 부분이다. 공감은 당신 자신으로부터 시작해야 한다. 당신은 스스로에게 가장 가혹한 비평가가 될 수 있지만, 스스로에게 친절하고 공감하기 전에는 타인에 공감할 수 없다. 어떤 이들의 경우, 특히 스스로에게 믿을 수 없을 정도로 가혹한 경우가 있다. 그러나 우리는 모두 신의 자녀이며 모두 행복해지고자 하는 열망을 가지고 태어난다.

먼저 과거의 일에 대해 자기 자신을 용서할 필요가 있다. 후회나 죄책감을 계속 떠안고 있으면 스스로에게 공감할 기회를 억누를 수밖에 없다. 물론 예전으로 다시 돌아갈 수만 있다면 당신은 다른 선택을 했을지도 모른다. 그러나 당신은 한 인간에 불과하며 끊임없이 배우고 있다. 그러므로 자신을 용서해야 한다. 예전의 당신 행동은 그 전 과거의 결과로써 일어난 것이다. 당신은 그 예전의 당신이 아니다. 예전의 당신에 대한 공감을 먼저 해야 한다.

당신은 끊임없이 성장하고, 끊임없이 더 나은 사람으로 진화하고 있다. 그러니 스스로에게 친절해질 필요가 있다. 그 당시 당신의 행동은 그때의 당신에게는 최선이었음을 기억하라. 이제 이걸 인식할 수 있는 자기 자신의 성장에 감사하라. 자기 자신에게 관대해지는 방법을 알아야 한다. 당신 스스로와 당신과 만나는 모든 이들을 치유할 수 있는 출발점이다.

처음에는 쉽지 않을지도 모른다. 나는 처음 나 자신에게 공감하면서 많은 눈물을 흘렸다. 그러나 희생자의 사고방식에 머무르는 것과는 다르다. 과거에 당신이 겪은 고통을 인정하고 스스로에게 친절해지는 것이다. 과거의 당신과 현재의 당신을 모두 사랑하기를 선택하는 것이기도 하다. 즉 당신의 전부를 사랑하는 일이기도 하다.

공감 능력은 그 결과를 상상할 수 없는 살아 있는 힘이다. 사랑, 용서, 친절, 치유의 힘이다. 우리 모두는 고통을 겪는다. 행복을 갈망한다. 우리 모두는 치유의 능력이 있다. 공감의 힘을 과소평가하지 마라. 나는 공감을 통해 사회의 모든 부분이 치유되는 것을 본 경험이 있다.

그저 공감을 의식하자는 선택을 하자. 타인에게 반응할 때 그에게 공감하는 것을 하나의 선택사항으로 포함시키자. 하지만 무엇보다도, 그것은 당신 자신을 대하는 방법에 대한 선택이다.

동정심이 힘을 발휘하려면 당신이 지휘봉을 잡아야 한다. 스스로에게 공감하는 것부터 시작하라. 당신 자신의 아름다움을 알아보자. 연약하고 실수도 많지만, 당신 스스로를 사랑하자. 당신은 이 사랑을 받을 자격이 있다. 당신은 타인과 공감할 것이 많은, 진정 아름다운 영혼이다.

자기 자신에게 친절해질 수 있을 때 다른 사람들이나 동물, 지구, 그리고 당신이 살아가는 동안 마주치게 될, 공감을 필요로 하는 모든 이들에게 친절해질 수 있다. 마음을 열어 놓는다면 공감의 힘은 숨쉬는 공기처럼 자연스럽게 당신을 통해 흐를 것이다. 당신 스스로에게 그렇게 해 줄 필요가 있다.

이 웅장한 공감의 힘을 의식하고, 당신이 그 힘을 발휘할 수 있음에 신뢰를 갖자.

친절하라. 동정할 줄 알아야 한다. 그리고 무엇보다도 공감하라.

솔직함의 중요성

우정이든, 가족 관계든, 사업상의 거래든, 낭만적인 동반자 관계든, 인간관계를 관찰해 보면, 서로에게 진정으로 솔직해질 용기를 가진 이들은 드물다.

가끔 보면, 솔직함을 억누르는 사람들은 그렇게 해야 평화로운 관계를 유지할 수 있다고 생각하는 것 같다. 그러나 상대방이 화내는 것을 조금도 감내할 수 없어서 자신의 감정을 솔직하게 표현하지 못한다면 진정으로 평화로운 관계가 될 수 있을까? 그런 관계는 평등하거나 감정적으로 성숙한 관계라기보다는 일방이 지배하는 관계다.

물론 어떤 측면에서는 즐거운 관계가 될 수도 있다. 단 이런 관계에서는 상대방에 대한 불만을 상당 부분 숨기는 경향

125

이 있는데, 이 불만이 극에 달하면 꼭 표출해야 하는 지경에 이르게 될 수도 있다. 그러면 두 사람은 크게 충돌하게 된다. 조금 일찍 솔직하게 털어놓았더라면 평화롭게 해결될 수 있었을 문제가 상대방에 대한 분노로 발전하게 된다. 이 지경이 되면, 상대방의 말을 경청할 수도 없고 제대로 이해하기도 어려워진다. 분노가 남긴 감정이 축적되어 상대방과 분명하게 소통할 수 없는 지경에 이를 정도가 될 때까지 상대방을 피하는 것보다는, 어떤 감정이 생길 때 솔직하게 표현하는 것이 더 낫지 않을까?

물론 어느 쪽을 선택하든 당신이 희망하는 반응을 얻을 것이라는 보장은 없다. 하지만 적어도 정직하게 의사소통했다는 점에서 당신 자신을 존중할 수 있게 된다. 때로는 당신의 삶에서 모든 사람과 영원히 함께할 수 있는 것은 아니라는 걸 받아들여야만 한다. 사람들은 당신 옆에 왔다가 또 떠나 간다. 당신이 의도했던 교훈을 공유하면 때로는 자연스럽고 부드럽게 그 관계가 지속되기도 하고, 때로는 장렬하게 마무리되기도 한다.

솔직하게 표현하는 것도, 솔직한 말을 듣는 것도 쉽지 않다. 그러나 상대방이 반드시 당신에게 동의할 필요가 없듯이, 당신 또한 상대방에게 반드시 동의할 필요는 없다. 단, 상대방의 감정을 존중하고 그 사람의 의견을 기꺼이 들어 줄 수 있을 만큼 상호존중의 관계를 만들 수 있다면, 어떤 형태의 관계라고 해도 건강하고 성숙하게 키워 나갈 수 있다.

솔직하게 털어놓았더니 서로 화해할 수가 없게 됐다면 다음 단계로 넘어가야 한다. 상대방의 앞날에 행운을 빌어 준 후, 그를 놓아주고 당신은 전진하는 것이다. 그러면 당신과 비슷한 생각을 하는 사람들이 들어올 수 있는 공간이 당신 삶에 만들어진다. 무엇보다도 솔직하게 행동한 것이, 나 자신의 마음을 존중한 것이라는 사실을 깨닫게 된다. 상대방이 당신이 말한 내용을 좋아하지 않는다고 해서 그걸 말하면 안 된다는 의미는 아니며, 그 반대도 마찬가지다. 모든 사람은 자신의 목소리를 낼 권리가 있다.

어떤 종류의 관계에서도 솔직해지려면 용기가 필요하며, 그렇게 말할 수 있는 적절한 타이밍을 찾아내면 관계에 도움이 된다. 그러나 한 쪽이 너무 큰 힘을 갖고 분노를 표출하는 바람에 상대방은 자기 목소리를 낼 수 없는 관계라면, 그 관계는 유지할 가치가 있는 것일까?

나는 솔직해지면 인생에서 자유로워질 수 있다는 것을 알게 됐다. 솔직함을 통해 정서적으로 좋지 않은 불건전한 상황을

127

떠나보내는 대신, 다른 아름답고 성숙한 관계를 성장시키고 꽃피울 수 있었다.

어느 누구도 완벽하지 않다. 상대방이 말하는 것, 심지어 당신이 말한 내용조차도 항상 당신 자신의 마음에 들 수는 없다. 그러나 적어도 내 감정을 표현할 수 있는 용기를 낼 수 있다면 나 자신을 존중할 수 있게 된다.

솔직함은, 상대방을 공감하는 마음이 있다면 더 잘 전달될 수 있다. 그러나 결국 그렇게 공감할 수 있는 친절한 마음은 당신의 자산이다. 타인에게 솔직해지는 것은 결국 당신 자신에게 공감하고 친절해진다는 것을 뜻한다. 그게 결국 가장 중요하지 않겠는가!

6월
JUNE

'어떻게'가 아닌 '무엇'

집을 떠났다가 며칠이 지나 돌아온 농장에는 폭우가 내린 흔적이 있었다. 진입하는 길은 미끄러웠고, 길옆의 풀밭은 물에 잠겼으며, 개울물은 넘치고 있었다. 물론 개울물이 불어난 것은 좋았다. 불어난 물소리를 조용한 밤에도 침실 창문을 통해 들을 수 있기 때문이다.

다만 이렇게 개울물이 넘쳐서 허술한 다리가 물에 잠기면, 물이 더 불어날 경우에 대비해 차를 강 건너편에 세워 놓아야 한다. 고무장화를 신고 차로 걸어가는 경험은 드물고도 가치가 있다. 시골 생활은 많은 측면에서 아름답다. 그래서 자연의 변화에 따라 생활 패턴을 바꾸는 건 전혀 문제가 되지 않는다.

자연은 실로 지배적인 힘을 가지고 있다. 날씨 패턴이 변하면 인간 삶에 엄청난 영향을 준다는 것만 봐도 느낄 수 있다. 내가 '자연'이라고 할 때는 나무나 바다만을 의미하는 것이 아니다. 자연이란 하느님이 될 수도 있고 우주, 담마Dhamma(불교에서의 법), 그리고 우리 내면이나 주변에 자리한 주신Great Spirit(인디언들이 모시는 신) 등을 뜻한다.

그래서 변화하는 날씨 패턴이나 지진, 쓰나미 등 다양한 자연의 힘 때문에 인간, 동물, 식물들이 생명을 잃지만, 그 못지않게 그 자연의 힘에 축복받은 생명들도 있다. 또한 매일, 삶은 예상치 못한 경로를 통해 많은 사람의 기도에 응답하며 축복을 내린다는 점을 기억하는 것도 좋다.

당신은 꿈꾸는 삶을 만들어 나가기 위해 할 수 있는 모든 것을 한다. 목표를 향해 노력하고 필요한 실천을 한다. 원하는 것을 위해, 감사하는 마음으로 기도한다. 때로 그냥 흘려보내는 방법도 터득하고, 필요한 것은 그 나름의 방식으로 찾아올 거라고 믿는 것은, 습관이 될 때까지는 기억하고 실천하기 가장 어려운 것 중 하나다.

결국 어떻게 당신에게 무언가가 찾아올지는 신에게 달려 있다. 고맙게도 우주의 창조적 능력은 경이롭다. 대부분의 사람들은 '무엇'보다는 '어떻게'에 너무 많은 시간을 집중함으로써 그런 자연적인 흐름을 막는다. 우주의 지혜를 신뢰하면 삶이 더 단순하고 훨씬 더 즐거운 과정이 될 수 있다.

때때로 일을 너무 심각하게 받아들이는 것에 휘말리기 쉽다. 하지만 당신의 인생은 당신이 허락할 때만 비로소 행복할 만한 가치가 있는 아름답고 즐거운 과정이 된다.

창밖에 있는 새 한 마리가 동의하는 듯, 즐거운 노랫소리가 햇빛을 타고 사무실로 흘러들어 온다. 이 새는 살아 있다는 순수한 기쁨을 위해 노래하고 있다. 이 새는 삶에 있어 '어떻게'는 중요하지 않다는 것을 알고 있다. 그것은 신이 예비한 것으로 오로지 신이 행하는 것이다.

우리 모두에게는 축복이 내재되어 있다.

특히 우리가 내려놓을 줄 알고, 신을 받아들일 때 더더욱 그렇다.

세 마리 새의 소프라노 합창

버드나무 잎이 다시 무성해진 것을 보니 빠르게 여름이 되고 있다. 이번 주부터는 아침 7시 전에 산책하기로 했다. 7시가 지나면 날이 더워지기 때문이다. 산책 대신 바다와 강물이 손 짓하기 시작했다. 늦봄에는 새로운 탄생이 찾아온다. 이 근방 에서 내가 가장 좋아하는 새는 앞에서 언급했던 딱새다. 호주 애보리진 원주민들의 옛이야기에서는 딱새를 '비밀의 도둑'으 로 묘사했지만, 나는 이 새를 신뢰하고 우리 둘 사이의 우정도 돈독하다. 올 시즌 딱새는 간이차고 난간에 둥지를 만들었고, 덕분에 내 밴에는 매일 새똥이 한 무더기씩 떨어졌다. 그러나 몇 주 전 세 마리의 아기새 머리가 둥지에서 보이기 시작했을 때 둥지를 그대로 놔두길 잘했다는 생각이 들었다.

세 마리 아기새는 엄청난 속도로 성장했다. 둥지에서 세 마리 아기새 머리가 살짝 보인 지 이틀 후, 아기새들은 둥지 꼭대기까지 머리를 쭉 빼고 있었다. 그 다음날 저녁놀을 보려고 베란다의 늘 같은 자리에 앉아 있었는데, 세 마리 모두 둥지에서 나와서 아예 근처 난간에 앉아 있는 게 보였다. 그 모습에 경탄했다. 아기새 세 마리가 처음으로 둥지에서 나들이를 나온 셈인데, 마침 내가 그 자리에 있었던 것이다.

다음날 아침, 세 마리 새를 보기 위해 간이차고로 갈 필요도 없다는 데에 놀랐다. 세 마리 모두 오두막 앞 울타리에 앉아 있었다. 세 마리가 처음으로 나는 연습을 하는 날이었다. 그날 나는 자랑스러운 어머니처럼 서서 기뻐하며 새들을 지켜보았다. 그 이후로는 개울가 근처의 나무에서 주로 그 새들을 봤다. 이 아기새들은 베란다를 어지럽히기도 한다. 어미새가 나를 신뢰하는 것처럼 아기새들도 인간을 신뢰하는 방법을 알게 됐다.

딱새는 두 가지 소리를 낸다. 하나는 말하는 듯한 소리인, '츠츠츠' 하는 소리다. 다른 하나는 노랫소리다. 다른 새들을 위협할 때는 말하는 듯한 소리를 낸다. 자신의 구역에 민감한 딱새는 자기보다 훨씬 큰 새들(예를 들면 물총새)을 괴롭히기도 한다. 새들끼리 소통할 때는 말하는 소리를 낸다. 그리고 노랫소리가 있다.

첫 10일 정도 아기새들은 노랫소리를 내지 않았다. 내가 걸을 때 내 앞을 따라 날곤 했지만, 노래를 부르지는 않았다. 그런데 며칠 전 이 아기새들이 비로소 노래하는 것을 듣게 됐다.

아기새들도 나만큼이나 자기 목소리를 발견하게 된 것을 즐거워하는 기색이었다. 한번 시작한 노래를 멈추지 않는 걸 보니 말이다. 다음날에는 새벽 3시 30분에 이 중 한 마리 아기새가 노래를 시작했다. 언제나 가장 일찍 일어나서 노래하는 물총새를 제쳤다. 나는 잠결에도 얼굴에 미소가 번졌다. 이 아기새가 홀로 부르는 노래는 개울가의 개구리 소리와 함께 밤새도록 울려 퍼졌다.

오늘 아침에는 전체 딱새 가족이 모였다. 완벽한 하모니의 오케스트라처럼 딱새 가족은 오두막과 그 주변 자연환경을 축복하는 듯한 노래를 불렀다.

아기새 세 마리가 세상에 가수로 데뷔했다. 멋진 일 아닌가! 세상에서 세 곡의 노래를 더 들을 수 있고, 세 명의 가수가 기존의 세계에 코러스를 더하는 셈이다. 흡사 나 혼자만 '3대 테너'의 노래를 듣는 것 같은 느낌이다. 사실 테너라기보다는 소프라노라고 부르는 게 맞겠다. 그렇다. 아주 잘 어울리는 이름이다. 3대의 복슬복슬한 깃털 소프라노라고 이름 붙일까?

완전하게 자연 속에서만 살아가는 축복을 누리는 게 아닌 한, 사람들은 자기가 듣는 새소리가 그 새에게는 생전 처음 하는 노래일 수도 있다는 사실조차 모를 것이다. 하지만 모든 새들에게는 첫 번째 노래가 있기 마련이다.

만약 당신이 사는 곳이 봄이라면, 당신이 듣고 있는 새소리가 이들의 첫 노래일 수도 있음을 기억하자. 아직 봄이 되지 않았다면, 새들의 노래가 들려올 때 이 사실을 명심하자. 서로 비슷비슷하게 생긴 새들 상당수가 사실 태어난 지 몇 주밖에 되지 않았을지도 모르고, 첫 번째 노래를 시작하는 것일 수도 있다. 하지만 새들이 당신에게 어떤 노래를 불러 주든 그 노래는 즐거울 것이다.

때때로 멈추고 그냥 듣기만 해도, 삶은 훨씬 더 즐거워진다.

———자신만의 박자에 맞춰 나다워지기———

나다워진다는 것은 이 시대에 모든 사람들이 처한 거대한 도전이다. 많은 이들은 자신의 진짜 모습을 잘 모르는 데다, 사는 동안 자기 잠재력을 다 발휘하기도 어렵다.

나다워지려면 두 가지 이유로 엄청난 용기가 필요하다. 우선 나다워진다는 것은 (적어도 우리 모두가 자기 자신다워지기 전까지는) 사회의 '정상적'인, 어떤 특정 조건의 다수에 속하는 것이 아닐 가능성이 크다. 아울러 자기 자신이 진정 누구인지 발견하기 위해서는 스스로와 직면해야 하며, 특히 깊숙하게 품고 있던 두려움을 정면으로 마주해야 한다. 그러려면 과거에 나 자신을 속박하고 있었거나 가족, 또래 집단, 사회 등이 나에게 주문했던 어떤 조건화 과정을 되돌려야 한다.

몇 년 전 나는 글에 문법 오류가 있다는 지적과, 일부 현학적인 비평가들이 내 글을 보고 있다는 경고가 담긴 이메일을 받았다. 분명 친절한 문장으로 써 있었고, 도움이 되고자 하는 의도였을 것이다. 그런 측면에서 감사하게 생각한다. 하지만 이 사건을 계기로 대중을 상대로 글쓰기를 하다 보면 비판하는 사람은 언제나 있게 마련이라는 점을 알게 되었다. 그게 바로 인간 삶의 본질이다. 사람들 사이에는 이견이 있을 수밖에 없고 각자 자기 의견을 펼칠 자유가 있다.

하지만 완벽주의를 추구한다든지 정확한 문법을 구사하는 것들이 궁극적으로 정말로 그렇게 중요한 것일까? 죽기 전에 "그때 그 글을 좀 다르게 쓸 걸 그랬어."라는 후회를 할 것 같지는 않다. 물론 나는 작가로서 성장의 과정을 좋아한다. 사실 글쓰기 외의 어느 분야에서라도 성장하고자 한다. 하지만 나는 나 자신을 솔직하게 표현해야만 행복하고, 그게 나 스스로에게 요구하는 전부다. 거기에 더해 그 과정에서 수반되는 성장을 즐기는 것이다. 문법을 중요시하는 사람들은 내 스타일에 동의하지 않을 수도 있고, 사실 그럴 필요도 없다.

각자 배우려고 하는 것이 무엇이든지 간에 쓸 만한 도구가 있고, 그런 도구가 가치 있기도 하다. 배움이란 대단한 것이다. 또한 다른 사람들에게서 그 배움을 얻는 것도 확실하다. 그러나 내가 마음속으로 가여워하는 이들은, 자기가 창의적으로 표현한 글이나 그림, 발표 등에 대해 남들이 어떻게 생각할지 신경 쓰며 노심초사하는 사람이다. 얼마나 무거운 짐인가!

이 사건을 계기로, 나는 집 주변의 언덕을 산책하면서 얼마나 많은 사람들이 사회에 대한 순응을 '정상적'이라고 받아들이는지 생각해 보게 됐다. 순응의 결과가 진짜 행복으로 이어지지 않는데도 대다수의 사람들이 그냥 순응하는 게 더 쉽다고 생각한다면 그만큼 공포스러운 사회가 어디 있겠는가.

그런 사회에서 개인이 표현할 수 있는 공간을 찾기란 어렵다. 그러니 스스로의 마음을 존중하기 위해서는 엄청난 용기가 필요하다. 부인할 수 없는 사실이다. 자기 마음을 존중한다는 건 너무 압도적인 노력이 필요해서 그냥 대다수의 남들처럼 행동하는 것보다 훨씬 더 어려워 보일 수 있다. 당신에게 딱 맞는 삶의 박자가 나타났는데 그게 대다수가 맞춰 가는 박자와는 사뭇 다르다는 것을 알아챘다고 하자. 그때 당신이 그 삶의 박자를 존중하지 않는다면, 당신은 평생 당신만의 삶의 고유한 리듬을 찾기 어려워진다.

자신만의 삶의 박자를 찾기란 쉬운 게 아니다. 그래서 그냥 주변에서 걸어가는 대로 맞춰 가는 경향이 있다. 그 집단적인 움직임이 내 마음이 진정 원하는 방향이 아니라면 진짜 행복을 찾아낼 수가 없다. 영혼 없고 진정성 없는 박자에 따라가는 것이 과연 어떤 결과를 이뤄낼 수 있을까?

우리 모두가 자신만의 리듬에 맞춰 걸어간다면, 삶은 아름다운 교향곡이 될 수 있다. 즐겁고 완벽한 연주로 모두가 자신의 진정한 모습을 존중하고 함께 힘을 모아 힘차고도 조화로운 교향곡이 탄생할 것이다.

그 지점이 바로 용기가 필요한 곳이다. 자신만의 박자에 맞추어 걸어가는 것이다. 다른 사람들이 당신을 위한다고 해도 당신이 자기 자신을 위하는 것에 비하면 아무것도 아니다. 당장은 힘들겠지만, 당신이 마음속 깊이 원하는 것이 무엇인지 존중하고, 자신의 진실한 모습을 실현하려고 노력해 보자. 그것은 또한 당신이 자신과 세상에 줄 수 있는 가장 큰 선물이다.

이렇게 하면, 당신은 자연스럽게 더 나아지는 세상에 기여하고 싶어진다. 이를 실천에 옮기면 모두가 당신의 노력을 통해 이익을 얻는 셈이다. 타인이 당신에게 기대하던 바에서 당신이 벗어나면 일부 사람들은 비난할 수도 있지만, 다른 사람들은 그런 당신의 변화에 적응할 것이다. 그러나 결국 그 비판은 당신의 것이 아니라 그런 비난을 하는 사람들의 것이다. 비난은 너무 마음에 묻어 두지 말고 훌훌 털어 내자. 만약 당신이 충분히 강하다면, 그런 비난을 타인의 고통을 공감할 수 있는 계기로 삼아 보자.

당신이 스스로의 삶을 구축하기 시작하면 원치 않게 타인에게 두려움을 유발할 수도 있다. 그건 당신이 통제할 수 없는 영역이다. 그러나 스스로가 그런 타인의 의견에 어떻게 반응하는지, 그 의견이 자기에게 얼마나 많은 영향을 미치는지에 대해서는 통제할 수 있다. 집중해서 자신의 마음에 충실하라. 그것은 분명히 그만한 가치가 있다.

당신과 똑같은 삶을 살아온 사람은 아무도 없다. 우리는 모두 다른 인생 경험을 겪게 되며 각기 다른 입장에 놓이게 된다. 이 세상 그 누구도 당신의 눈을 통해 세상을 인식할 수 있는 사람은 없다. 그렇다면 과연 타인의 진실이 당신의 진실이 될 수 있을까? 그럴 수 없다. 무엇이 당신을 움직이게 하고 행복하게 하는지 당신 스스로의 자의식을 찾아야 한다.

타인의 의견은 타인의 인생 경험에 기초하고 있다. 어떤 사람들은 당신에게 적절하고 도움이 될 수 있겠지만, 또 어떤 사람들의 의견은 별로 도움이 안 될 것이다. 그러니 당신이 공감할 수 있는 것부터 시작하고 나머지는 거르는 게 좋다. 그것이 유일한 방법이다. 아니면 당신은 타인이 원하는 대로 살게 된다. 당신이 되고자 하는 어떤 사람이 되기보다는.

세상에 순응하기 위해 스스로를 구속하면 결코 행복한 삶을 건강하게 살아 나가기가 어려워진다. 당신 안에는 꿈이 있고, 당신 스스로의 리듬에 맞춰 박자를 즐기고 있다. 당신이 그 꿈이 보내는 신호에 적극적으로 귀 기울이기를 바란다. 그러나 그 신호를 듣기 위해서는 마음과 인생의 속도를 늦춰야만 한다. 그래야 꿈이 거기 있다는 것을 알게 될 테니 말이다.

당신에게 평화가 오려면 천천히 걷는 방법을 배우고, 당신 스스로의 신호에 맞추어 춤을 춰야 한다. 행복은 그렇게 하면 따라오는 보상이다.

나다워지자. 지금 바로 그 모습 그대로.

_____ 명상, 나를 탐색하는 평생의 여정 _____

어둠침침한 방에 앉아 내 몸 밖의 어떤 것에 대한 인식 없이, 마음이 몸 안의 어떤 새로운 장소로 흘러들어 간다. 이것은 명상의 경이로움 중 하나다. 우리가 완전히 우리 자신을 놓아 버리면, 마음이 또 다른 모습을 드러낸다. 그곳은 믿을 수 없을 정도로 아름다운 곳으로, 분주함이나 상념으로부터 자유롭다.

명상에서 나의 길을 찾아가는 과정은 엄청난 축복이었다. 몇 년 동안 나는 책에서 읽은 내용을 기반으로 명상을 시도해 보았다. 오디오를 듣거나 비디오를 보고 연습해 보기도 했다. 그러나 오랜 시간 동안 나름 노력했음에도 불구하고 내 마음을 마스터할 수 있는 능력이 있다고 진정으로 믿기지 않았다. 그 대신, 이런 명상이 준 짧은 휴식을 환영하고 몸의 이완, 긍정적인 마음 이끌어 내기, 의도적으로 무언가를 발현해 내기 위해 명상을 이용했다.

실제로 마음 수련이 가능할 수도 있겠다는 생각은 여전히 나를 유혹했다. 마치 존재하기는 하지만 진짜 갈 것이라고는 생각도 하지 못한 이국적인 나라를 실제로 가 보는 것과 같았다. 명상이 계속 나를 불렀다. 명상은 느리고 미묘하게 나를 끌어당기는 자석과 같았다. 결국, 나는 산속의 명상센터에서 열흘간 침묵을 지키기로 약속한 백여 명의 다른 사람들에게 둘러싸인 채, 괴로운 육체적 고통 속에서 명상을 터득하려고 애쓰는 지경에 이르렀다.

비파사나Vipasyana(석가모니가 가르친 수행법으로서 여러 가지 현상을 관찰하여 통찰력을 얻는 직관 명상법을 말한다. _ 옮긴이 주) 명상은 언제나 나를 매료시켰다. 잘 몰랐는데도 그저 끌렸던 이유는 말을 하지 않고 열흘을 지낸다는 것이 신기해 보였기 때문이다. 그때는 내가 실제로 그 침묵을 매우 소중히 여기게 될 것이란 점, 그리고 그 명상이 내게 필요했던 치유의 뚜껑을 여는 촉매제가 될 것이란 점을 전혀 알지 못했다.

첫 10일간의 코스를 마치고 난 후 (당시에는 '코스에서 낙오하지 않고 간신히 살아남았다.'라고 느꼈지만) 나는 속으로 이렇게 생각했다. '괜찮긴 했어. 하지만 두 번 다시는 하지 않을 거야.' 정말 그럴 거라고 믿었다. 나는 그 경험을 고맙게 여기면서도 다시 시도할 거라고는 생각하지 않고 그곳을 걸어나갔다. 그러나 1년 후, 나는 같은 명상센터에서 1년 전과 똑같은 고통을 겪으면서 도대체 내가 왜 이 자리에 있는 것인지 궁금해하고 있었다. 몇 달 후에는 명상센터에서 자원봉사까지 했다.

이 센터는 적어도 한 강좌 이상 수강했던 학생들로 구성된 자원봉사자들에 의해 운영된다. 내가 비파사나가 진정한 내 길이라는 점을 깨달은 것은 이 열흘 동안의 봉사기간이었고, 명상법을 배운 덕분에 내가 마음을 다스리기 위해 찾고 있던 도구에 접근하는 데 도움이 됐다는 점을 깨달았다.

나는 더 많은 것을 원했다. 그 후 몇 년 동안, 침묵 명상 코스를 더 많이 수강하는 한편, 다른 수강생들을 위해 봉사하기도 했다. 이제는 명상센터에 몸이 있는 건 아니지만 명상이 내 일상생활의 필수적인 부분이 되었다.

이용할 수 있는 많은 종류의 명상이 있으며, 각자에게 적합한 명상을 찾을 필요가 있다. 표지판이 있어서 찾고자 하는 이들에게는 올바른 길을 알려 줄 것이다. 많은 초보자들이 명상을 시도했다가 포기하는데, 한두 번 명상을 시도해 봐도 마음을 조용히 다스리는 것은 너무 힘들고, 마음이 너무 바빠서 훈련 자체가 불가능하다는 이유를 든다. 나도 한때 그랬었다.

연습과 꾸준한 노력, 결단력이 있다면 분명히 개선될 수 있다. 예를 들어, 내가 처음으로 기타 연주를 시작했을 때 바로 연주할 수 없다는 사실에 너무 실망해서 거의 10년 동안 기타를 다시 집어 들지 못했다. 하지만 기타 연주가 계속 나를 불렀고, 결국 나는 기타 연주자가 되려면 평생 노력해야 한다는 점을 받아들였다. 그렇게 되니 마침내 기타를 시작하고 즐길 준비를 할 수 있었다. 명상도 마찬가지다. 인간이니까 그런 일은 있을 수 있다. 배움은 여행이다.

우리가 마음을 정복하기로 다짐했다면, 그것은 처음에는 믿을 수 없는 힘으로 맞서 싸운다. 결국, 마음과 자아는 지금까지 당신의 삶 전체를 아무런 제약도 없이 다스려 왔으니 말이다. 심장이 원하는 대로, 영혼에서 우러나오는 지혜로 다스리려고 하는 상황을 쉽게 받아들이지 못하고 항복하지 않는다. 하지만 자신의 가장 진실한 부분에, 한 번의 명상을 통해 한 번씩 자신을 들여다보기 위해서는 집중력과 힘이 필요하다. 명상은 평생의 탐색이다.

어떤 도전이라도 마찬가지겠지만, 예상치 못한 보상이 갑자기 주어지기도 한다. 명상 후 그 전보다 더 의식적으로 선택하고 있다는 것을 깨닫게 될 수도 있다. 더 긍정적으로 생각한다든지 낡은 패턴을 깨뜨리는 자신의 모습을 발견할 수도 있다. 결국, 당신은 더 의식적 영역에서 자연스럽게 움직이는 자신의 모습을 발견하게 된다. 이런 것이 명상과 자신의 마음을 온전히 소유하는 방법을 배운 결과물이다.

만약 여러분이 명상을 고려하고 있거나 이미 명상을 시도해 봤지만 너무 어려웠다면, 예술가의 길이나 음악가의 길, 혹은 모든 인간의 길처럼 명상 또한 평생 수련해야 하는 과정임을 기억하기 바란다. 그 수련은 언제나 진행형이 될 것이다.

때로는 앞으로 잘 나아갈 것이다. 때로는 어떤 성과도 없는 것처럼 느껴질 것이다. 그러니 필요할 때는 쉬고, 가능할 때 다시 앞으로 나아가면 된다. 자기 자신에게 친절하자. 명상은 경주가 아니다. 시간제한도 없다. 하지만 여행을 빨리 시작할수록 더 빨리 그 즐거움을 알 수 있다. 시작하기만 하면 된다. 처음 시작한 후, 다음, 그 다음 단계로 나아가면 된다.

만약 당신이 새로운 모험을 해 볼 생각을 하고 있었다면, 기다릴 이유가 없다. 지금이 바로 여정을 시작하기 좋은 때다.

지금 아니면 언제 시작할 것인가!

7월

JULY

주차장에서의 교훈

내가 사는 계곡 지역은 적막할 때는 텅 빈 사막과 같다. 여름 한낮에 유일하게 들려오는 소리는 벌레 소리다. 새들조차 한낮 더위에는 지저귐을 멈춘다. 예나 지금이나 새들은 아침에 지저귀고 오후 중반에나 다시 지저귐을 시작한다. 어젯밤 나는 서로 다른 몇몇 종류의 새들이 서로의 영역을 침범하면서 으르렁거리는 것을 목격했다. 그 모습을 보며 '새들도 자아가 있는 것이 아닐까?' 하는 생각이 들었다. 그렇게 보이기는 하지만 새들이 그렇게 하는 이유는 아마도 모성애와 보호 본능 때문이 아닐까 싶다.

인간인 우리의 삶에서는 자아를 내려놓고 따뜻한 마음을 키워야 한다는 교훈을 알게 되는 기회가 계속 생겨난다. 얼마 전

주차장에서 일어난 일이 내게 바로 그런 삶의 교훈을 주었다.

나는 짧은 여행을 마치고 피곤하지만 행복한 마음으로 집으로 향하는 중이었다. 과일 시장으로 차를 몰고 진입해 주차 공간으로 후진해 들어갔다. 나는 거추장스러운 (하지만 뒷좌석에 누울 공간이 있어서 자유로운) 밴을 운전한다. 일곱 살 때 트랙터 운전하는 법을 배웠기 때문에 나는 운전을 참을성 있고 요령 있게 잘하는 편이다.

몇몇 사람이 걸어 다니는 게 보였다. 나는 지시등을 켜고 주차장 찻길에서 후진하여 주차 공간으로 들어왔다. 그런데 어떤 사람이 자기 딸을 거의 칠 뻔했다며 내게 소리를 질렀다. 쇼핑카트를 밀고 있던 10대 소녀였는데, 혼자서 알아서 잘 다닐 수 있는 나이로 보였다. 여기저기 뛰어다니는 어린아이였다면 당연히 주차하려던 중이었어도 차를 멈췄겠지만, 그 정도의 어린애가 아니었다.

갑자기 남이 내게 분노를 뿜어내자 나는 놀라서 어떤 반응도 할 수가 없었다. 아이 엄마는 내게 욕설을 퍼부으며 사라져 버렸다. 주차를 마친 후 나는 밴에서 내려 시장으로 향하려다가 이런 생각이 들었다. '아니, 이건 용납할 수 없는 일이야.' 솔직히 인간적으로는 그런 선택이 예의 바른 것인지 확신이 들지는 않았다.

공감을 통해 타인이 한 행동을 이해하고 그냥 넘어가 주는 건 쉽다. 사실 이게 내가 주로 선택하는 방법이다. 하지만 나 자신에 대한 공감과 친절을 우선시해야 하는 때가 있다. 그래서 나는 꽤 침착하게 그 여성의 차로 걸어갔다. 그녀의 남편은 내가 오는 것을 보는 순간 방어적으로 나를 쏘아보았다. 슬프게도, 그 부부의 딸 또한 분노 덩어리인 부모와 똑같은 반응을 보였다. 나는 침착하게 아이 엄마에게 "제가 어떻게 했었어야 하는 걸까요?"라고 물었다. 그 아이 엄마는 내가 그 맞은편에 주차하려다가 방향을 바꾼 것 아니냐며 따졌다. 나는 그녀에게 그쪽에는 애초부터 주차할 생각이 없었고, 그래서 지시등과 후진등을 켠 것이었다고 설명했다.

"그러니까 그냥 오해하셨던 걸로 하지요. 어떠세요?" 나는 그녀의 분노에 대응해 화내고 싸우는 대신 이렇게 제안했다. 그녀는 별것도 아닌 일에 화를 내며 뭔가 욕설을 내뱉다가 결국엔 이렇게 말했다. "네, 그러시죠."라고 하면서도 그녀는 내내 우거지상을 쓰고 있었다.

그 가족의 차가 점점 멀어져 가는데 내 심장은 미친 듯이 뛰고 있었다. 그 상황을 해결한 것이 기뻤다. 근처에서 상황을 지켜본 노부부는 내가 시장 안으로 들어서자 잘했다며, 화낸 여자가 잘못한 거라고 내게 말했다. 마음에 위안이 되었다. 행동을 합리화하는 데 타인의 검증을 이용할 수 있음을 재확인한 셈이다. 아이 아빠의 방어적 행동이 아내가 뿜어낸 분노를 정당화시킨 것과 마찬가지로 말이다.

그 근처에는 내 나이 또래 남자가 소형트럭에 앉아 있었다. 그 또한 노부부와 비슷하게 이해한다며 잘했다고 말했다. 나는 고맙다고 말하고 미소를 지으며 가게로 향했다. 몇 가지 물건을 고르면서 나는 그 가족을 이해해 보려고 노력했다. 하지만 내 자아는 아직도 약간은 화가 난 상태였다. 도대체 어떻게 그런 행동을 할 수 있는 것인지.

10분도 안 되어 아름다운 시골길을 따라 집으로 운전해 가는 동안 이 가족에 대한 동정심이 밀려왔다. 특히 부모와 비슷하게 행동하던 10대 소녀를 떠올리니 서글퍼졌다. 내 자매라고 생각하니 그 소녀의 엄마가 안됐다는 생각이 들었다. 그날 그녀의 하루 일진이 좋지 않았을 것이란 점은 명백하다. 그러나 아마 그녀는 그날 하루만이 아니라 삶 자체가 고달플 것 같다는 느낌이 들었다. 그 남편 또한 어떤 아버지나 남편이라도 그랬겠지만, 가족을 보호하려고 그렇게 씩씩거렸을 것이다.

분노에 휩싸인 채 차를 돌려 떠나던 그 가족의 모습이 떠올랐다. 나 또한 몇 년에 걸쳐 내 주변의 화가 난 사람들을 간신히 내 삶으로부터 떼어 낸 과거가 있다. 어린 시절, 나는 열 번을 다시 살아도 다 겪지 못할 정도로 주변의 많은 분노에 노출됐었다. 그래서 이런 종류의 분노를 처음 겪는 것도 아니었다.

　양쪽으로 아름다운 산을 끼고 강과 시냇가를 따라 운전하는 동안 주차장에서 마주친 세 사람을 생각했다. 그 가족이 내게 화를 내는 모습이 서로 너무 닮아 있어서, 도대체 그들의 삶은 어떤 것일지 궁금해졌다. 그 가족에게 연민을 느끼지 않을 수가 없었다. 그 불행에 내 마음이 동요했다. 하지만 그 분노를 받아서 그냥 삭이는 대신 나 자신을 변호함으로써, 나 스스로에게 친절해질 수 있었기 때문에 다른 한편으로는 마음이 평온해졌다. 타인에게 공감한다고 해서 타인의 욕받이가 될 필요는 없다. 나의 사랑이 필요한 사람은 바로 나 자신이다.

　그 가족에게 아무 말도 하지 않고 그 가족에게 공감할 수도 있었을 것이다. 자아를 전혀 내세우지 않는 고귀한 행동이었을지도 모른다. 하지만 나 또한 인간이다. 주차장 사건은 내게 타인에 대한 공감의 교훈을 주기도 했지만, 자기애에 대한 교훈을 가장 크게 느꼈던 기회가 됐다. 만약 내가 똑같이 화를 냈

155

더라면, 나 역시 그녀처럼 분노란 독약을 복용한 셈이 되었을 것이다. 하지만 침착함을 유지하고 차분히 대응함으로써 전혀 다른 결과를 얻었다.

여름의 야외 주차장이란 결코 유쾌한 곳이 아니다. 덥고 바쁜 사람들은 쉽게 짜증나기 마련이다. 명절 시즌 할인점의 풍경이나 마찬가지다. 인파 속에서 사람들은 인내심을 쉽게 잃는다. 명절에는 평소보다 훨씬 더 많은 재정적 압박을 받기도 한다. 이럴 때 자아를 조금 굽힐 수 있다면, 혼잡한 시기에 타인의 화를 돋우는 행위를 억제할 수 있다.

그날 저녁 나는 베란다에서 멋진 일몰을 보고, 기타를 치며 노래를 몇 곡 한 후, 밤하늘에 뜬 수많은 별을 보고 개구리의 노랫소리를 들으며 잠을 잘 수 있었다. 그 주차장 사건은 이미 오랜 옛날처럼 느껴졌다. 그러나 그 사건의 기억을 더듬다가 그 행복하지 않을 것 같은 가족 또한 잘 잤는지 궁금해졌다. 자신의 권리를 더욱 정당화하기 위해 서로의 분노를 이용했던 것일까? 잠들지 못하고 필요 이상 오랫동안 그 사건을 떠올리고 있지는 않았을까?

이런 사건에는 공감과 연민을 통해 자아를 내려놓는 것과 자기 자신을 사랑하는 것 사이에 미세한 선이 존재한다. 자아를 내려놓고 타인에 대해 좀더 따뜻한 마음을 갖는 건 우리 삶에서 지속적으로 실천해야 하는 교훈이다. 그런 실천이 더 잦아질수록 더 자연스러워지며 감사하게도 부정적인 느낌 또한 약해지고 사라진다. 타인을 향한 공감이 모든 이들, 심지어 화가 난 이들에게도 도움이 된다는 점을 감안한다 하더라도, 이를 통한 가장 큰 보상은 공감력을 발휘한 당사자가 받을 수 있다.

그러니 남과 부딪히게 된다면 자아가 지나치게 지배하지 않도록 해야 한다. 하지만 당신 또한 사랑과 연민을 받을 자격이 있다는 것도 기억하자. 그러기 위해 때때로 목소리를 높여야 한다면 그렇게 해야 한다.

주차장 사건 이후 나는 마음이 평온해지고 나 자신을 더욱 사랑하게 됐다.

상대방은 분노했다. 하지만 나는 내가 어느 쪽을 더 사랑하는지 잘 안다.

27th Week

_____완벽한 타이밍을 믿기 _____

1990년대 초에 나는 열대의 한 섬에서 2년 정도 살면서 일했다. 그곳은 정말로 상상할 수 있는 가장 아름다운 장소 중 하나였다. 열대우림이 산과 계곡을 뒤덮었다. 산호초가 섬을 에워싸고 있었고, 보트를 타고 조금만 나가면 그레이트 배리어 리프Great Barrier Reef(오스트레일리아 북동부 바다에 위치한 세계 최대의 산호초 지대 _ 옮긴이 주)의 주요 부분을 볼 수 있는 곳이었다. 야생 동식물이 풍부하고, 재미가 가득한 곳이다.

그 섬으로 가는 방법은 주로 자기 소유의 배 아니면 수상택시를 이용하는 것이다. 호주 본토에서 운영하는 한 가족사업체가 직원, 리조트 손님, 당일치기 여행객들을 하루에도 몇 번씩 왕복으로 실어 날랐다. 이 배의 운행 스케줄은 '북퀸즐랜드 시간'

으로 써 있었는데, 그 스케줄이 정확하지 않다는 걸 의미했다.

　이곳은 덥고 습한 시골로, 시간이 훨씬 느리게 흘렀다. 배에서 사람이 내리고 짐을 내리는 데 훨씬 더 시간이 걸렸다. 때로 이 스케줄은 효율적으로 작동하기도 하고, 그렇지 않기도 했다. 비교적 시간을 정확하게 지키는 사람인 나는 이곳의 경험을 통해 체념하고 흐름에 따라가는 방법을 알게 되었다. 나중에 다시 호주 본토로 돌아왔을 때 삶에 대한 대처 능력을 더 갖추게 되었다. 그전에도 특별히 엄격한 편은 아니었지만, 이 섬에서 살면서 확실히 모든 것에 대해 훨씬 더 느긋해졌다.

　바쁜 현대사회에서 많은 사람들은 모든 것을 시계에 맞춰 관리하는 습관을 들인다. 어떤 경우에는 분 단위로 스케줄을 관리한다. 하지만 실제 인생은 그렇게 작동하지 않는다. 어쨌든 인생의 큰 그림은 아니다. 시간은 행성의 움직임에 따른 빛과 어둠을 시간, 일, 주 단위로 구분한, 인간이 만든 제도다. 시간은 사람들이 어느 정도의 통제력을 갖고 기능하도록, 또는 적어도 그렇게 노력하도록 만든다.

　하지만 삶은 그 나름의 일정에 따라 작동한다. 더 많이 놓아주고 신뢰하면 더 많은 것이 자연스럽게 당신에게 다가온다. 신앙을 가지고 있는 사람들이라면 아는 사실이지만, 간절히 원하는 건 주로 필요할 때 이루어지지 그전에는 이루어지지 않는다. 원하는 것을 더 빨리 얻어야 한다고 생각하는 건 그저 두려움일 뿐이다.

두려움이나 공포로 막지만 않는다면 당신 삶에 필요한 것은 반드시 찾아온다. 삶과 흥정하듯 한 걸음 한 걸음마다 모든 걸 통제하려 할 수도 있다. 하지만 기적까지도 허용할 수 있는 용기를 가지고 살아가려면, 당신의 시간이 아닌 신이 지정한 시간에 원하는 것이 찾아올 것이란 점을 알아야 한다. 기다리는 동안 과연 원하는 게 올지 두려울 수는 있지만, 원하는 것이 마침내 당신을 찾아오면 그것은 완벽할 것이다.

뜻밖에 돈을 벌거나 소득을 올릴 기회 또한 '막판에' 올 수 있다. 당신이 필요로 하는 연락은 완벽한 순간에 당신의 삶에 다가올 것이다. 생각하지 못했던 소득을 통해 차를 살 수 있다든지 하는. 이와 같은 기적은 매일 일어난다. 기적은 언제라도 일어날 수 있다. 여러분이 이 글을 읽고 있는 동안에도, 누군가에게는 기적이 펼쳐지고 있다.

딸을 출산하기 몇 달 전, 책 출판은 순조롭게 진행되었고 반향을 얻었다. 지난 14년 동안 결단을 내리고, 집중하고, 고된 노력 끝에 이뤄낸 성과였다. 책이 뜨기 시작하자 그 반향이 상당했다. 지난 1~2년 동안 내 책은 더 많은 독자를 만나게 됐고, 준비가 되어 있었던 나는 그렇게 작가의 길로 자연스럽게 들어섰다. 그러나 세계적으로 유명한 언론사의 뉴스에 내 책이 소개되었을 때 벌어질 일은 상상하지 못했었다.

딸이 태어나기 3주 전 나는 세계에서 가장 유명한 자기계발서 출판사인 헤이하우스Hay House의 호주 지부 웹사이트를 보고 있었다. 이 출판사가 내게 정식 계약을 언제쯤 요청할까 하는 기대 때문이었다. 내 책은 헤이하우스의 한 계열출판사를 통해 출판한 것이었는데, 헤이하우스 본사 출판사가 나를 알아봐 주기를 바라는 마음에서였다. 내가 원하는 사업을 하더라도 의식적이고 윤리적으로 하고 싶었기 때문에 그런 부분에서 도움이 될 수 있는 헤이하우스 브랜드로 책을 정식 출간하는 것이 나의 꿈이었다. 일이 점점 불어났고 일의 균형을 잡기 위해서는 전문가의 도움이 필요했다.

업무는 출산 무렵 최고조에 달했다. 병원 침대에서 진통하는 동안에도 휴대전화로 인터뷰를 해야 했고, 어떤 인터뷰는 물리쳐야만 했다. 이제 내 삶에 막 펼쳐지려고 하는 믿을 수 없을 정도로 특별한 일을 제대로 경험하지 못하고 있었다.

자정 무렵, 나는 결국 전화기와 컴퓨터를 꺼 버렸다. 비로소 내게 일어나고 있는 축복을 제대로 음미할 수 있게 됐다. 어둑한 병실에 누워 있는 동안 나는 일이 잘되게 해 달라고 도움을 청하는 기도를 했다. 일에서 성공하고 있었지만 그걸 즐기기는커녕 나는 슬픈 기분이 들었다. 일 생각 때문에 내 인생에서 더 중요한 것, 즉 내 아기와의 온전한 시간을 갖지 못하고 있는 셈이었기 때문이다. 이 세상 그 무엇보다도 엄마가 되고 싶었다. 엄마가 되기 위해서는 온전한 시간이 필요했고 출판 일은 더이상 생각하지 않아야만 했다.

아침이 되고 나는 사랑스러운 딸을 낳았다. 아기를 안고 눈을 마주치자 압도적인 느낌이 내게 다가왔다. 나머지 세계는 내 의식에서 멀어졌다. 다른 것은 중요하지 않았다.

나는 그날 컴퓨터를 전혀 켜지 않았다. 하지만 사랑하는 이들과 출산 소식을 공유하려고 전화기를 켜자 더 많은 언론사의 압박이 기다리고 있었다. 개인적인 전화를 한 후 다시 전화기를 꺼 버렸다. 어떻게든 헤쳐 나갈 방법을 찾게 될 것이라고 믿었다. 일로써 성공한 것이 좋았지만, 그것 때문에 엄마가 된 이 소중한 시간을 망치고 싶지는 않다는 결의를 새롭게 다졌다.

그 다음날 아침, 잠옷을 입은 채 태어난 지 하루 된 딸과 병원에 있었다. 출산 때문에 녹초가 된 데다가, 아기와 함께한 첫

날 밤의 피로감(잠을 못 잔다는 게 앞으로 어떤 의미가 될지 알게 된 현실)이 나를 압도했다. 그때 느닷없이 전화벨이 울렸다. 호주 헤이하우스 출판사 상무이사라고 자신을 소개하는 명랑하고 멋진 목소리가 전화기 너머에서 들려왔다. 그리고 바로 그 자리에서 그는 나에게 해외출판 계약을 제안했다. 멋지다!

그렇다. 타이밍이란 정말 멋진 것이다. 당신이 필요한 것이 아직 오지 않고 있다고 해서 결코 과소평가하지 마라. 그것은 신이 지정한 시간에 당신에게 주어지는 것이지 당신이 지시한 때에 다가오는 것이 아니다. 신은 큰 그림을 보고 인간이 결코 이해하지 못할 방법으로 타이밍을 이해한다.

진정으로 나 자신에게 진실한 삶을 살려면, 기적의 여지를 남길 수 있어야 한다. 하늘이 정한 타이밍이 완벽할 것임을 진심으로 신뢰하기 위해서는 믿음도 필요하지만, 어느 정도 포기할 줄도 알아야 한다. 그렇게 하면 당신이 진정 꿈꾸는 삶을 만들어 갈 수 있고, 당신이 삶의 끝자락에서 인생을 돌아볼 때 평화로워질 것이다. 당신답게, 용감하게 믿음을 갖고 살아갔을 테니까.

타이밍을 믿어 보자. 당신의 생각보다 훨씬 더 완벽하다.

굉장한 당신의 모습

얼마 전 페이스북에서 독자들과 대화를 나누며, 가장 좋아하는 단어 몇 개를 공유해 달라고 부탁했다. 그렇게 주관식 질문을 하자 두어 가지 수상쩍은 답변도 나올 수밖에 없었지만 그건 신속히 지웠다. 소셜 네트워킹의 즐거움이란!

하지만 전반적으로 독자들의 답변은 훌륭했고, 그 목록을 읽으며 미소 짓고 영감을 받을 수 있었다. 어떤 사람들은 단어를 말할 때 나는 발음이 좋다며, '범블비bumblebee(호박벌)'라고 답하기도 했다. 멋진 답변이다. 대부분의 사람들은 자신에게 중요한 의미를 지닌 단어를 적었다. '숨쉬다', '유머', '마법처럼', '친절', '햇살', '믿음' 등의 단어다.

처음 작곡을 배우던 어느 날, 가사에서 단 한 단어만 바꿔도 노래 전체의 분위기를 바꿀 수 있다는 것을 깨달았다. 그만큼 단어들은 강력하다. 개별적으로도 그렇지만 문장이나 대화에서 구현될 때는 더 그렇다.

내게도 수년 동안 사랑했던 '즐거움'이나 '친근함'과 같은 단어들이 있다. 요즘 내가 가장 좋아하는 단어는 놀랄 것도 없이 '딸'이다. 내가 오랫동안 사랑했던 또 하나의 단어는 '꿩장함'이다. 이 단어는 사람들이 더 많이 쓰는 것 같기도 하고 용법도 더 늘어나는 느낌이다.

'꿩장하다'라고 하면 건물이나 사람이 만든 구조물을 이야기할 때만 쓸 수 있는 게 아니라고 생각한다. 물론 원한다면 그렇게 할 수도 있겠지만 말이다. '꿩장하다'는 당신의 진정한 자아, 당신을 억압하는 모든 것을 떠나보낸 후의 당신이라는 사람이 가진 잠재력을 말할 때 쓸 수도 있다. '꿩장해지려면' 진정한 의미의 당신이 되기 위해 과감한 결정을 내려야 한다. 사실 황당하게 들릴 수도 있지만, 다른 사람의 기대대로, 또는 자기 자신을 섣불리 판단했던 대로 살아가는 대신, 당신의 진정한 모습 그대로 살아가기 위해서는 꼭 건물을 짓는 것처럼 층마다 작업이 필요하다. 그런 작업에 따른 진정한 보상 또한 기대할 수 있다.

165

그렇다면, 왜 당신 자신의 굉장함을 실현하는 것이 그렇게 무서운 것일까? 왜 꿈을 실현하고 가슴이 원하는 대로 행동하고 삶을 즐기는 데에 두려움과 죄책감이 수반되는 것일까? 바로 당신이 두려움과 죄책감을 허락하기 때문이다. 타인에게 설명할 필요도 없고, 이해를 구할 필요도 없이 과감하게 행복해질 준비가 되었는가? 그렇다! 정말 그럴 수 있다! 사랑하는 일을 스스로에게 허락하고, 그다음에 오는 기쁨을 통해 굉장한 당신이 빛나게 하는 것으로부터 출발해 보자.

신은 당신이 행복하고, 살아가는 것에 감사하며, 스스로가 얼마나 굉장한지 깨닫기를 원한다. 만약 과거 당신 삶에서 이것과 모순되는 교훈이 있었던 것 같다면, 긍정적인 요소를 찾아보자. 인생이란 큰 그림을 보자면 시험과 함께 그에 따른 보상도 항상 있다. 당신은 사랑받고 있다. 모든 시련은 나 자신이라는 굉장한 세계로 돌아갈 기회를 주고 마음을 따라 행동할 기회, 보다 진정한 차원에서의 행복을 알 수 있는 기회이기도 하다. 당신이 해야 할 작업은 바로 죄책감이나 섣부른 자기 판단, 정당화를 그만두고 인생을 즐기는 것이다. 당신은 굉장할 수 있다. 즐겁고, 행복할 수 있다.

삶의 모든 단계를 통제하려 하지 말고, 매 순간에 충실하여 인생이 당신을 어디로 인도해 가는지 지켜보자. 당신이 외부에, 그리고 자기 자신에게 보여 주고 있는 모습, 이런 사람이 되어야겠다는 고정된 이미지를 갖기보다는, 미소 짓고 자신의 솔직한 모습을, 특히 자기 자신에게 매일 보여 주자.

그렇다. 바꿔 나가도 된다. 기존의 모습을 떠나보내도 된다.

굉장한 당신이란, 스스로를 판단했던 구속으로부터 벗어나 진정한 당신의 모습을 만들어 가는 것이다. 굉장한 당신이란, 또한 타인의 기대라는 구속으로부터 벗어나 진정한 당신의 모습으로 탈바꿈하는 것이다. 진정한 당신이란, 존재의 핵심이다. 이미 당신이 갖고 있던 바로 그 모습을 뜻한다. 이제는 그 모습을 자기 자신과 세상을 향해 즐겁게 보여 줄 때가 되었다.

이제 굉장한 당신의 모습을 영원히 허락할 시간이다.

●———— 나 자신을 사랑하는 법 배우기 ————●

딸아이가 거울에 비친 자기 모습에 방긋방긋 미소 지으며 자기 자신을 사랑하고 경외하는 듯한 솔직한 표현을 할 때면 내 마음이 다 흐뭇하다. 딸아이에게 "네가 예쁘다고 생각해?"라고 물어보면 주저 없이 그렇다고 대답한다. 물론 실제로 예쁘기도 하지만.

딸아이는 자신을 향해 웃음 지을 수 있다. 딸아이는 자기가 언제 재미있어지는지 잘 알 뿐만 아니라 자신의 유머감각에 스스로 감탄하기도 하고, 외모뿐 아니라 자신 전체를 사랑한다.

자기애self-love, 自己愛는 매우 자연스러운 삶의 현상이다. 자신을 사랑하지 않을 이유가 없지 않은가? 당신은 성스러운 사랑의 존재로서 매 순간 당신 그 자체로 완벽하며, 인간계 경험을 하기 위해 이 땅에 왔다. 하지만 매우 슬프게도, 이렇게도 자연스러운 자기애는 어린 시절이 지나면 사라지는 경우가 많다. 자기애가 결여된 상태에서 타인과 비교하거나 자신에 대해 속단하거나 남이 나를 평가하는 말에만 귀를 기울인다면, 스스로 지쳐서 자기 그대로의 모습을 자랑스럽게 사랑하지 못하고 자기혐오에 빠지기 쉽다. 자기 자신에게 더 친절해지는 연습을 해 보면 어떨까?

자기를 사랑하는 것과 이기주의를 같은 범주에 넣으면 안 되는데, 사실은 그런 일이 너무 자주 일어난다. 자기애를 이기주의로 잘못 판단하게 되면, 자신의 욕구를 존중하거나 스스로를 사랑으로 대하는 것을 이기주의라고 판단하게 된다. 하지만 자기애는 이기주의와 분명히 다르다. 이기심은 오직 자기 자신만을 배려하는 것이다. 자기 사랑은 타인을 돌보는 동시에 자기 자신을 돌보는 것이다.

자기애를 키우는 것은 이기적이지 않을 뿐만 아니라, 진정으로 세상에 긍정적인 영향을 끼치려면 반드시 필요한 자질이다. 이기주의는 고립으로 이어지지만 자기애는 타인과의 결합, 행복, 그리고 공감으로 이어질 수 있다. 편안하게 자기 자신을 사랑할 수 있는 사람이 내뿜는 파동은 다른 수많은 사람들에게 긍정적인 영향을 준다.

그렇다면 자기애를 실천하기란 왜 이다지도 어려운 것일까? 자기애를 인정하면 그걸 이해하지 못하는 이들, 즉 자기애와는 거리가 멀어서 그 생각을 이해조차 못 하는 이들의 비난과 비웃음을 두려워하는 것일 수도 있다. 어린 시절 가슴에 새겨진 어떤 믿음이 '나는 가치 없는 사람'이라고 말하는 것일 수도 있다. 자기애가 있는지 없는지 숙고할 시간도 없이 너무 바쁠 수도 있다. 진정 나 자신을 사랑해서 하고 싶은 일을 생각할때, 예를 들어, 내가 즐겁고 꿈꾸는 것을 하기 위해 일부러 시간을 내는 것에 죄책감이 들어서 그럴 수도 있다.

어떤 인간관계에서든 사랑이라는 감정 자체는 계속 진화한다. 자기 자신을 향한 사랑도 다르지 않다. 자기 자신을 사랑하기 위해서는 자신에게 친절해야 하고, 의식적으로 그렇게 하겠다고 선택해야 하며, 용서와 공감이 필요하고, 감정을 양육하는 동시에 인내하는 시간이 필요하다. 그리고 여느 여행과 마찬가지로 쉽게 흘러갈 때도 있지만, 놓아주고 쉬어야 할 때도 있다. 당신의 많은 부분 또한 현재와 과거의 나를 사랑하는 방법을 배워야 하고 기억해야 한다.

스스로를 보호하기 위해 잘못된 믿음을 갖게 됐던 그 어린

아이를 사랑하라. 선택의 자유가 주어졌지만 어떻게 잘 써야 할지 몰라서 방황하던 10대 시절의 자신, 과거의 기억에 매여 있던 젊은 시절의 자신을 사랑하라. 이 모든 것에 의문을 갖고 고통과 슬픔 속에서도 계속 자신의 길을 찾으려고 애썼던 어른 시절의 당신을 사랑하라. 그리고 지금의 당신 자신, 혹은 앞으로 당신이 될 모습을 사랑하라. 애초 당신이 태어났을 때와 같은 자기애를 가질 수 있도록 노력하는 용기를 가져야 한다.

그렇게 되려면 당신의 어떤 부분과는 이별해야 한다. 그런 이별도 점진적으로 놓아주는 과정이기 때문에 자기애를 가지고 해야 한다. 자기 자신의 예전 모습을 유지하면서 새로운 사람으로 탄생할 수는 없다. 특히 가족, 친구, 동료, 사회 등 외부적인 요인이 당신의 과거를 만든 것이라면 더더욱 그렇다. 자기애란 자신의 진짜 모습을 발견하도록 허락하고, 진짜 자기 모습을 존중하는 방향으로 노력하는 것이다.

비현실적인 기대에 압박받으며 살아가기보다는 스스로에게 휴식을 주는 것이 필요하다. 스스로를 자신의 보호 하에 있는 아이라고 생각해 보자. 자신의 눈을 들여다보며 부드러운 미소를 지으며 "사랑해."라고 말한 후, 그 사랑을 받는 법을 배워

보자. 자신에게 "사랑해."라고 말하고 나서 실제로 그 사랑을 실천해 보자. 그 아름다운 사랑을 부드러운 마음속으로 다시 돌려보내자. 상냥한 마음과 인내심을 가지고 자신에게 친절해지자.

자기애를 가진 사람이 많아지는 세상에서 살아가는 장점이란 엄청나게 많다. 자기애를 가지면 타인에 대한 섣부른 판단, 잘못된 기대감, 조급함, 비판, 압박을 타파할 수 있다. 왜 그럴까? 자기 사랑의 길을 걷는 사람은 우리 모두가 언젠가는 고통을 경험하고, 그 고통에 대한 연민의 감정을 가지고 있다는 것을 이해하기 때문이다.

자기를 사랑하는 사람은 행복한 사람이고, 행복한 사람은 나눌 수 있는 즐거움이 많다. 자신을 사랑하는 사람은 균형을 이해하고, 때로는 타인을 위해서 당신이 될 수 있는 최고의 모습이 되기 위해 당신의 욕구에 제동을 걸어야 할 수도 있다는 점을 이해할 수 있다.

자기애를 알게 되는 것은 인생 최대의 교훈이 될 수 있다. 당신은 스스로가 주는 사랑을 받을 자격이 있는 사람이다. 그러니 거울 속에서 마주보고 있는 사람, 현재 당신의 눈을 들여다보고 부드럽고 친절한 마음으로 "사랑해."라고 말해 보자.

자기애는 끝나지 않고 계속 진행되는 여행이고, 이 모든 여정은 "나는 나를 사랑한다."는 말과 스스로에게 짓는 따뜻한 미소에서 시작된다.

⬤——이 지구별에 함께 있다는 것만으로도——⬤

이제 나는 생활방식과 직업 방향의 전환으로 인해 더 이상 음악계에 종사하지는 않지만, 뮤지션 친구들이 이 마을을 지나갈 때 다시 연락할 수 있다는 것은 여전히 멋진 일이다. 지역 음악 축제가 열리면서 지난 열흘 중 많은 시간을 예전 동료 뮤지션들과 보냈다.

그 친구 중 하나가 멋진 쇼를 선보였고, 우리는 그가 부르는 신나는 노래를 즐겼다. 그와 나는 평생 동안 서로의 삶에 엄청나게 깊이 관여한 적은 없었지만, 다시 마주칠 때마다 그동안 밀린 이야기를 재미있게 나눴다. 점심을 먹거나 차를 마시기도 했지만, 우리는 주로 음악 행사에서 만난다.

그가 노래를 부르는 동안 나는 흐뭇한 마음으로 우리의 인연을 생각했다. 나는 우리 둘 중 누구도 서로에게 더 깊이 얽힐 생각을 하지는 않지만, 그가 지구상에 있다는 것을 아는 것만으로도 여전히 좋았다. 헤어질 때 그 친구에게도 그렇게 말했다.

그러고 나서 나는 내 인생에 등장한 그와 같은 사람들에 대해 생각했다. 자주 보지는 않더라도 서로 좋아하고 존경하며 어쩌다 만나면 행복한 그런 사람들. 그들이 같은 지구별에 있다는 것만으로도 나는 기쁘다. 내가 몇 년이란 짧은 시간 동안 알고 지낸 사랑스러운 사람들이 너무나 많다. 그들이 자기들 삶을 잘 살고 있음에 기쁨을 느낀다. 그들이 이 지구상 어딘가에 있다고 인식하는 것만으로도 마음이 따뜻해진다. 그 친구들과 보낸 즐거운 시간을 생각하지 않을 수 없다.

세계란 당신이 보는 것과 당신의 삶에 직접적으로 영향을 미치는 것으로만 구성되는 것처럼 생각하기 쉽다. 그러나 내가 만났던 다른 좋은 사람들에 대해 생각해 보면, 그 세계는 더욱 넓어지고 조용한 기쁨을 가져다준다. 어쩌면 그들과는 전화나 이메일로도 연락할 일이 없을지도 모르고, 정기적으로 볼 필요가 없을 수도 있다. 어떤 사람들은 다시는 볼 수 없을지도 모른다. 그럼에도 불구하고, 그들은 인간 군상에 멋진 향기를 더하며 이 세상을 살아가고 있다. 이것을 상기하면 고무적이다.

모든 것에 내가 연결되어 있다는 것을 더 강하게 느끼는 데 도움이 된다.

언론을 보면 부정적인 이야기로 가득 차 있다. (나쁜 뉴스라고 해도 도대체 왜 그렇게 선정적으로 써야 하는 것인지 궁금하기도 하다.) 하지만, 세상에는 더 많은 훌륭한 사람들이 있다. 비록 몇 년 전에 만났거나 그들을 단지 간신히 아는 수준이라고 해도 말이다. 이런 점을 당신 스스로에게 상기시키기만 하면, 당신은 삶의 선함을 더 많이 느끼게 될 것이다.

또한 (내 책과 기사를 읽든, 내 노래를 듣든) 내 일을 통해 연결되는 사람들이 지구상에 있다는 것을 아는 것이 기쁘다. 어떤 방식으로든 이 메시지와 연결된 당신 또한 그렇다. 당신이 이 지구상에 있다는 것을 알게 되어 기쁘다.

인류라는 멋진 용광로의 한 부분이 되어 줘서 감사하다.

당신이 있기에 결과적으로 세상은 더 좋은 곳이 되었다.

8월
AUGUST

●────── 한 번에 한 걸음씩 ──────●

내가 '나나'라고 불렀던 친할머니는, 키는 작지만 강한 성격
이셨다. (친할머니와 외할머니 모두 150센티미터가 채 되지 않을 정
도로 작았다.) 나나 할머니는 벽을 가득 덮은 덩굴나무로 가득
한 곳 뒤쪽의 낡은 집에서 살았다. 그 시절에 대해서는 몇 가지
가 기억난다. 우리는 밥그릇에 음식을 한 톨이라도 남기는 게
허락되지 않았다. 그래서 음식 찌꺼기가 남지 않도록 그릇을
깨끗이 핥아야 했다. 앞마당에는 아보카도 나무가 있었다. 나
나 할머니는 침대 옆에 항상 사탕을 두셨다.

나나 할머니의 집으로 이어지는 낡고 오래된 모랫돌 계단이
있었다. 수십 년 전 바위를 쪼개 만들었기 때문에 계단은 고르
지 않았지만 나는 그 계단이 좋았다. 계단은 불완전했지만, 아

이인 내 마음속에서는 완벽했다. 계단으로 이어지는 길옆에는 웅장해 보이는 사암벽이 우뚝 솟아 있었는데, 나중에 생각해 보니 겨우 120~150센티미터 높이 정도밖에 되지 않았던 것 같다.

다 합쳐서 10개 정도밖에 안 되는 계단이었지만, 내게는 길고도 신비로운 등반 코스 같았다. 계단 아래쪽에서 올려다보면 계단 맨 위쪽 너머는 보이지 않았다. 나는 그 너머에 무엇이 있을지 마음대로 상상하곤 했다. 곧 무너질 것만 같은 할머니의 집을 언제 보게 될까 하는 마법과 같은 순간이 늘 있었다.

한 번에 한 걸음씩, 한 계단씩 올라가는 길밖에 없다. 계단이 나타날 때마다 그 너머가 보이지 않는다 해도 하나씩 용감하게 밟아 올라가는 한, 올바른 방향으로 가고 있는 것이다. 그렇게 하려면 용기와 믿음이 필요하지만, 조금 천천히 갈 수도 있고 그 과정에서 즐거운 놀라움과 함께 미지의 세계로 향하는 느낌도 받을 수 있다. 한 번에 한 계단씩, 한 걸음씩만 가면 그 순간에 더 충실할 수 있다. 목표를 향해 정면으로 돌진하다가 도움이 될 수 있는 어떤 지점을 놓치는 대신, 걸어가며 보이는 기회에 자신을 열어 놓을 수 있다.

그 길은 여기저기 구부러져 있을지도 모른다. 하지만 여유를 갖고 나아가면 좀 더 즐겁게 갈 수 있다. 한 걸음 한 걸음을 모두 통제해야겠다는 필요를 과감히 버리는 자유는, 당신의 여정에 도움이 된다. 그렇게 내려놓는 건 여정을 방해하는 것이 아니라 오히려 대담하고 긍정적이다. 중간중간 예기치 못한 놀라움이 있을 수 있는데, 그 긍정적인 측면을 열어 놓지 않고 한 발짝씩 나아갈 때마다 통제하려고 하는 것이야말로 여정을 방해한다.

꿈을 펼칠 때는 여유와 믿음 또한 필요하다. 믿음은 꿈과 비전을 강하게 잡아 준다. 여유를 가지면 즐거운 놀라움을 경험할 수 있다. 이렇게 나아가려는 용기는 뜻밖의 보상으로 이어지기도 한다.

여행은 단 한 걸음을 내딛으면서 시작되고, 이어서 다음 발자국, 다음 계단을 딛는 것으로 이어진다. 믿음과 용기를 가지면 그 너머에 무엇이 있을지 알 필요가 없어진다. 이 여정은 당신의 마음을 울리는 것에 대한 응답일 뿐이다.

너무 앞서 생각하면 가는 길에 오히려 방해가 될 수도 있고, 심지어는 그 길을 가겠다고 시작조차 못 할 수도 있다. 그러니 우선 첫 발걸음을 내딛자. 그다음 발걸음을 내딛자. 그 여정 속에서 당신이 생각하지 못했던 즐거운 일들이 당신에게 펼쳐지기를 기대해 보자.

놀랍도록 신비로운 길을 따라 한 발자국, 한 계단을 오를 때마다 즐길 수 있도록 당신의 눈과 마음이 활짝 열리기를 기대한다.

한 걸음, 한 계단씩 나아가는 당신의 여행이 축복받기를.

——당신의 꿈을 허락하기——

내가 오래 걷는 것을 좋아하게 된 건 어린 시절부터였다. 농장 생활은 아이들에게 큰 자유를 선사한다. 차량이나 도로의 위험 없이 걷고 달릴 수 있는 공간을 제공한다. 그래서 걷기와 탁 트인 공간을 나는 언제나 사랑했다.

10대 시절 어느 날 오후, 나는 산책하러 나왔다가 방목장을 가로질러 보기로 했다. 어느 순간 방향을 바꿔 가려던 곳 대신 친구 집으로 향하기로 했다. 거대한 유칼립투스 나무가 있던 흙길 옆의 농지였다. 내 친구는 몇 개의 농장을 지난 곳에 살고 있었고 걸어서 한 시간 정도 떨어진 곳이었다. 나는 쾌활하고 태평하게 걸어갔다.

몇 시간 후 내가 집에 돌아왔을 때, 엄마는 제정신이 아니었다. 차로 방목장과 그 주변 도로를 훑으며 사방에서 나를 찾아 다녔다고 한다. 농장 밖으로 나가려면 허락받아야 한다는 사실이 떠올랐다. 행복한 10대 소녀였던 나는 그 생각을 미처 하지 못했다. 단지 선택을 하고 그걸 해냈을 따름인데. 하지만 엄마의 걱정을 덜어주기 위해 미리 허락을 구했어야 한다는 점을 이해하긴 어렵지 않았기에, 그 이후에는 꼭 엄마의 허락을 받았다. 그러나 이 사건은 내가 누군가의 허락을 받을 필요가 없을 정도로 자유로운 삶을 꿈꾸게 만드는 계기가 되었다.

물론 부모들이 만든 이런 규칙들은 대개 아이들의 안전 때문이다. 하지만 모든 아이들은 언젠가는 스스로 선택하고 성인 보호자들에게 허락을 구할 필요가 없는 날을 꿈꾼다. 그 아이가 마침내 성인이 되어 자유를 누리게 됐다고 해 보자. 이제 더이상 원하는 것을 하기 위해 타인의 허락을 구할 필요가 없다.

하지만 그런 자유가 무섭다면 어떨까? 분명히 어떤 자유는 다른 자유에 비해 적응하기도 즐기기도 더 쉽다. 처음에는 타인이 정한 한계 없이 산다는 생각만으로도 행복하다는 느낌을 받을 수 있다. 그러나 그런 가운데에서도 무의식적으로 내면에 설정해 놓은 한계가 있는 경우가 많다. 어른이 되면서 타인의 의견에 더 많은 영향을 받는다. 시간이 흐르면서, 자기가 스스로 부과한 한계가 표면으로 드러나고 그 한계가 더 확대될 수도 있다.

당신이 꿈을 향해 노력하고 꿈을 향해 나아갈 때, 이렇게 내적으로 세워 놓은 한계가 방해물로 작용할 것이다. 제약조건이 무엇인지 깨닫기 전까지는 그 꿈은 차단되게 마련이다. 꿈은 당신의 삶에 들어오고자 계속 기다리지만, 꿈에게도 허락이 필요하다. 더 중요한 것은, 꿈을 받아들이기 위해서는 당신 스스로에게 그 꿈을 허락해야 한다.

두려움이 꿈을 파괴하는 현상은 놀라울 정도로 간단히 일어난다. 실현되는 꿈과 그에 동반되는 경이로움과 행복에 초점을 맞추기보다 어린 시절에 잠재되어 있던 두려움이 표면화될 수도 있다. 이런 두려움이 기대치를 낮추고 꿈을 밀어낼 수 있는 것이다. 마침내 원하는 것을 얻었다고 하더라도 남이 그것에 대해 어떻게 생각할지 두려울 수도 있고, 원하는 바를 스스로 내적으로 소화하기가 어려울 수도 있다.

하지만 기억하라. 마음이 갈망하는 바에 따르면, 당신이 원하는 것 또한 당신을 원한다는 것을. 당신이 원하는 바는 당신의 삶에 들어오고 싶어 한다. 당신이 되고 싶어 하는 바로 그 즐거운 사람이 될 수 있도록 도와주고 싶어 한다. 당신이라는 경이로움을 알기를 원한다.

인생에서 슬픔이나 시련 때문에 한계에 도달하는 경우가 있는 것처럼, 더 이상 참을 수 없는 지경에서는 행복 또한 한계지점에 이르기도 한다. 당신의 꿈을 받아들이기 위해서는 그 경계를 없애야 한다. 장벽에 부딪혔을 때는 스스로에게서 부담을 걷어내자. 연약함을 인정하라. 도움을 청하고 기도하라.

언제나 강인할 수는 없다. 뭘 해야 할지, 스스로 어떻게 허락할지 모르겠다는 것을 인정하면 흩어져 있던 에너지가 다시 원활해진다. 천사들에게 방법을 알려 달라고 기도한 후, 압박 없는 조용한 시간을 가져라. 그러한 순간을 갖는 것은 중요하고도 건강하다. 그렇게 하면 당신의 내부에 있던 가장 현명한 당신과 다시 연결될 수 있고, 결국 당신이 원래 갖고 있던 자연스러운 내적 힘을 회복하게 된다.

저항하는 대신 도움이 필요함을 인정하게 되면, 받는 것에 마음을 열 수 있다. 방법을 모른다고 생각할 수 있겠지만 실제로 당신은 스스로에게 허락하기 시작한 것이다. 나 스스로가 정해 놓은 한계 때문에 내 꿈이 아직 여기에 있지 않음을 인정하는 건 용기 있는 행동이다. 그 연약함이 당신을 활짝 열어 줄 뿐 아니라, 당신의 꿈이 당신에게 도달하는 길을 열어 주게 된다.

당신은 스스로에게 허락받을 자격이 있다. 마음속 갈망하는 바를 원하는 것은 죄가 아니다. 더 쉬운 삶이나 행복을 원하는 것도 죄가 아니다. 당신이 원하는 만큼 그것도 당신을 원한다.

당신의 꿈이 진정으로 기다리는 건 당신이 웃으면서 용기 있게, 그리고 스스로의 연약함을 인정하고 "허락합니다."라고 말할 수 있는 그곳에 도달하는 것이다.

●━━━━ 비와 감사함 ━━━━●

나는 어린 시절의 대부분을 한 지역에서 살았다. 그 지역의 날씨는 극과 극을 달리곤 했다. 거의 매년 여름이면 구니가누 개울 둑이 터져서 물이 방목지를 지나 우리 집까지 흘러오곤 했다. 모래주머니로 빨리 방비하지 않으면 물이 집안으로 흘러들어 왔다. 고맙게도, 보통 홍수가 나면 범람하는 개울 상류 쪽 농부들이 경고를 해 주었다. 그러면 우리 가족은 홍수가 잦아들 때까지 대피했다. 심지어는 매년 홍수가 날 때마다 지역 신문에서 이 지역 아이들이 트랙터를 타고 홍수로 불어난 물을 지나 안전한 곳으로 대피하는 사진을 실을 정도였다.

다음번에 이사 간 농장에서는 극심한 가뭄이 거의 10년간 지속됐다. 학교 친구들이 가족들과 함께 해변으로 놀러 가는 반면, 우리 가족의 휴일은 찌는 듯한 여름 더위에 말 등에 앉아 양치기하는 일로 점철됐다. 나중엔 우리 농장 방목지에는 양들이 뜯어먹을 풀이 남아 있지 않았다. 댐은 말라붙었고, 우물은 너무 낮아 풍차로 물을 길어 올릴 수 없게 됐다. 양동이를 밧줄에 연결해 물을 길어 올려서 여물통을 채워야 했다. 양동이로 아무리 물을 열심히 길어 올려도 가축들이 물 마시는 속도를 따라갈 수가 없었다. 엄청난 시간이 소요됐다.

결국, 물을 트럭으로 사다가 날라야만 했다. 비슷한 시기에 우리는 기우제 차원에서 열린 지역 농가를 위한 특별예배에 참석하기 위해 교회에 끌려갔다. 나의 10대 시절은 길고도 피곤했다.

당연히, 아이였던 나는 말 등 위에서 파리와 싸우며 땅콩버터 샌드위치와 녹색 과일 희석주스를 먹는 것보다 홍수가 났을 때 트랙터로 실려 가는 게 훨씬 낫다고 생각하게 됐다. 이제 나는 비가 내리는 걸 좋아한다. 한때 열대기후 지역에서 살 때 몇 달 동안 매일 많은 비가 쏟아졌는데, 나에게는 꿈이 실현되는 것이었다. 그렇게 지루하게 내렸지만, 전혀 그 비가 싫증나지 않았다. 사실, 비는 내가 인생에서 가장 감사하게 느끼는 것 중 하나다.

하지만 비의 고마움을 알기 위해 반드시 가뭄을 겪어야 하는 것은 아니다. 비는 우리 모두에게 주는 선물이고, 인간에게 필요한 생명력이다. 비는 불평의 대상이 아니라 감사의 대상이 되어야 한다. 깨끗한 물을 사용할 수 있다는 건 축복이다. 선진국에서는 이런 깨끗한 물을 일상적으로 쓸 수 있지만, 아직도 세계 많은 지역에서는 깨끗하고 건강한 물을 접하는 것이 무척 어려운 일이기도 하다. 인간 생존의 기본은 매일 식사하고 물을 충분히 마시는 것인데 무척 안타까운 현실이다.

혹시라도 당신이 비에 대해 불만이 있다면, 또는 비가 싫다며 불평하는 누군가와 언쟁을 해야 한다면 아래 몇 가지 사항을 참고해 보자.

비가 오지 않는다면?

1. 갈증에 시달릴 것이다. 우리가 마시는 어떤 것도 물 없이는 존재하지 않는다.

2. 몸에서 냄새가 날 것이다. 샤워도 하지 않고 수영할 물도 없다면 코가 건조해질 것이다.

3. 햇볕에 피부가 타 버릴 것이다. 비가 오지 않는다는 것은 나무가 자라지 않는다는 것을 의미하고, 나무가 없으면 그

늘도 없다. 나무가 아니라 진흙으로 집을 지으려 해도 물이 없으면 만들 수 없다.

4. 꽃이 사라질 것이다. 꽃의 아름다움이 없다면 세상은 어떻게 될까? 알록달록한 꽃이 없는 삶을 생각하면 소름이 돋는다.

5. 사람들이 말을 안 하려고 할 것이다. 마실 것이 없으면 입이 말라서 침이 나오지 않을 것이고, 마실 것이 없다면 대화는 분명히 중단될 것이다.

6. 굶주리게 될 것이다. 비가 오지 않으면 야채든 다른 음식을 생산할 수 없다는 것을 의미한다. 고기가 있지 않냐고? 가축을 먹일 농작물도, 생존하기 위해 마실 물도 없다.

7. 비가 오니 오늘은 나갈 수 없다고 변명할 수 없게 된다. 비 오는 날은 많은 사람들에게 외출하지 않을 구실을 제공한다.

8. 우리 몸이 불쾌한 모습으로 바뀔 것이다. 인체는 대부분 물로 이루어져 있기 때문에, 물 대신 뭔가 다른 것이 인체를 구성하지 않는 한 몸이 오그라들 것이다. 물론 물 없이 오래 살 수 있다는 전제 하에서. 하지만 만약 인간이 물 없이도 오래 지탱할 수 있다면, 우리 몸은 말린 자두처럼 변

할 것이다. 물이 없다면 자두도 없을 것이고, 그러면 자두와 인체를 비교할 수도 없겠지만 말이다.

9. 무지개를 볼 수 없다. 비가 오지 않을 때 입는 가장 큰 손해 중 하나다. 비 없이 하늘이 어떻게 마법의 스펙트럼을 보여 줄 것이며, 물이 떨어지지 않는데 어떻게 우리의 희망을 되찾을 수 있을까?

10. 비가 안 온다면 너무 간단한 결론이겠지만, 인류가 다 멸망할 것이다.

그러니, 세상을 깨끗하게 씻어내리는 비 오는 날에는 기뻐하자. 비 오는 소리를 소중하게 생각하고, 하늘에서 뭔가 맑은 것이 쏟아져 축축해진다고 불평하는 대신, 수백만 년 동안 그랬듯이 비 온 뒤 자연이 달라지는 모습에 감사해 보자.

태양은 다시 떠오를 테니, 비 오는 날을 고맙게 생각하자. 비가 주는 불편함을 상상하기보다 비가 인간에게 주는 축복에 초점을 맞추자. 그 축복 없이 인간은 생존할 수 없다.

그러니 비 오는 날은 감사할 시간이다.

———— 교통체증에 대한 단상 ————

시원한 나무 그늘에 앉아 약속을 기다리는 동안 차가 지나가는 것을 지켜보던 어느 날이었다. 신호등을 향해 차들이 멈춰선 것이 보였다. 프라이버시를 유지할 만큼의 거리이긴 했지만, 초록색 신호등을 기다리는 많은 얼굴들이 보일 만큼 가까이 있었다.

한 노인 운전자는 끈기 있게 기다리고 있었다. 근처 다른 차량 운전자들과 비교할 때 이 운전자는 위엄 있어 보였다. 80대 후반으로 보이는 이분의 삶에는 얼마나 큰 변화가 있었을까 궁금했다. 그분은 신형 소형차를 몰고 있었다. 그분의 어린 시절에는 차가 있다는 것 자체가 대단한 일이었을 텐데. 그분의 첫차는 지금 운전하는 차와 비교했을 때 어떤 모습이었을까?

궁금했다.

나도 살아오는 동안 너무나 많은 변화를 목격했다. 나는 '세서미 스트리트'(어린이 교육 프로그램)에 나오는 캐릭터인 어니와 버트가 흑백에서 컬러로(어린 나의 눈에는 놀라운 일이었다), 인형에서 디지털 캐릭터로 바뀌어 가는 과정을 보았다. 채식주의가 주류 식문화가 되는 과정도 봤다. 참 다행이다. 은행들은 충성 고객들을 소중하게 여기길 포기하고, 이제는 은행 계좌를 개설할 때도 수수료를 받는다. 안전벨트는 의무화되었고, 실내에서는 흡연이 금지되었다. 팩스의 등장 후 이어서 컴퓨터, 인터넷, 휴대전화가 생겨났고, 자동차 속도도, 삶의 속도도 빨라졌다. 손으로 쓰는 크리스마스 카드는 거의 사라졌으며, 단체 이메일이나 전자카드에 자리를 내주고 있다.

내가 목격한 것만 해도 이 정도인데, 거의 90년 가까이 산 분은 얼마나 더 많은 변화를 봤겠는가? 그런데도 이 노신사는 현대 생활에 적응하고, 흐름에 따라가고 있다. 신호등에서 끈기 있게 대기하고 독립적으로 시내 운전을 하고 있으니 말이다.

다음번 신호에서 나는 심하게 조급해하는 젊은 운전자를 보았다. 그는 신호가 바뀌기를 기다리며 점점 더 얼굴이 일그러졌다. 크게 틀어 놓은 차 안 음악이 줄곧 창문 밖으로 새어 나왔다. 신호가 바뀌자 어찌나 빨리 출발하던지 앞차를 거의 들이받을 뻔했다. 저 운전자는 어떤 사연이 있기에 저렇게 짜증을 내는 것인지 궁금했다. 그가 안쓰러웠다. 그게 전부가 아니었다. 그는 요리조리 차선을 바꿔 대부분의 다른 차들을 추월했다. 하지만 그래봤자 다음번 신호에서 기다리는 모습이 보였다. 나는 앞으로 그에게 일어날 일이 염려되었고, 언제쯤 운전 속도를 줄일 수 있을까 하는 생각을 했다.

우리 모두에게는 주변 사람들을 관찰할 기회가 있다. 이때는 마음이 편안하고 생각도 자유롭기 때문에 뜻밖의 교훈을 얻을 수 있다. 그 나무 밑에 앉아 있던 20분 남짓한 시간 동안, 나는 사람들이 이렇게 사랑스러울 수 있다는 점에 감탄하기도 했다.

한 젊은 엄마가 네 살쯤 된 아이에게 노래를 부르며 지나가는 것도 보았다. 유모차 안에는 갓난아기와 약간 더 큰 아기가 있었다. 유모차를 밀기란 상당히 무거워 보였고 날은 더워지던 참이었다. (그래서 내가 그늘에 앉아 있었던 것이다.) 하지만 그 아기 엄마는 세 아이들에게 노래를 불러 주며 행복해하는 모습이었다. 성미 급한 운전자들이 교통체증에 막혀 있는 동안, 그 엄마는 경사로로 유모차를 밀고 가면서 행복해했다. 태도가 만들어 내는 차이는 정말 크다!

　나무 밑에 앉아 이 작은 교차로를 지나가는 사람들의 삶만 가지고도 책이나 영화를 여럿 만들 수 있겠다고 생각했다. 나를 스쳐 지나간 모든 이들의 이야기가 궁금했다. 인간으로서 모두가 아름다운 사연을 갖고 있을 거라는 생각과 인류 전체에 대한 연민으로 이어졌다. 사람은 누구나 실수를 하고 다른 이들의 연민이 필요하다. 그러나 우리 모두는 인간이기 때문에 아름답고, 인류가 만들어 낸 이 미친 사회에서도 나름의 삶을 살아가기 위해 노력한다. 그런 와중에서도 인류 전체적으로는 지구의 생존과 행복을 위해 필요한 변화를 계속 만들어 가야 한다.

　누구나 사연이 있고, 그 누구도 타인의 이야기를 전부 알 수는 없다. 자신 내면에 있는 선함을 아직 채 깨닫지 못한 사람들이든, 남들에게 불쾌감만 드러내는 사람들이든, 모두 그 내면에는 선한 마음이 있다. 일부러 시간을 내서 사람들을 관찰하는 것은 멋진 일이다. 그런 기회가 예기치 않게 주어진다면 더욱 그렇다. 누군가가 여러분을 지켜보고 있다면, 어쩌면 인지하지 못하는 사이에 당신이 그 사람들에게 생각지도 못했던 통찰력을 주는 역할을 담당했을 수도 있다.

사람들은 생각하는 것보다 더 많이 연결되어 있다. 생각하는 것보다 더 많은 공통점을 가지고 있다. 그리고 특히, 사람들은 자신이 생각하는 것보다 훨씬 더 아름답다.

━━━ 자기 존중부터 시작하라 ━━━

지난 이틀 동안 폭우가 내렸다. 모든 것이 깨끗이 씻기고, 아침이 아름답게 펼쳐진다. 창문 밖에서는 새들이 지저귀고 시냇물이 흐르는 소리가 들린다. 썩 괜찮은 월요일 아침을 맞이하고 있었다.

나는 어젯밤에 친구와 긴 대화를 나눴다. 친구 주변의 몇몇 사람들이 친구를 부당하게 대우했고, 그 이유가 뭔지 알아내기 위해 친구는 자기 내면을 들여다보았다. 나는 자기 존중이 얼마나 중요한지, 그리고 타인에게 대접받는 방식에 어떻게 영향을 미치는지에 대해 친구에게 얘기했다. 내가 겪은 경험, 스스로를 바꿈으로써 타인이 나를 다르게 대우하게 되었다는 점, 내가 받아들이고자 하는 것의 스펙트럼도 바꿀 수 있었다는 점을 이야기했다.

　당신 주변 사람들이 당신을 형편없이 대우한다면 그런 대우를 당신이 허용하거나 또는 기대하기 때문이다. 일반적으로 허용은 의식적인 차원에서 행해지는 것이 아니다. 그러나 기대하는 건 의식적일 수도 있고 아닐 수도 있다. 타인이 당신을 무례하게 대하도록 허용하는 한, 당신은 스스로를 존중할 수가 없다. 이런 패턴을 깨고 자기 존중을 획득할 때, 비로소 타인도 당신을 존중할 수 있다. 타인이 당신을 존중하지 않는 상황 자체를 자석처럼 끌어들이는 것을 중단해야 한다.

　대부분의 사람들이 즐거워지기보다 고통을 피하기 위해 애쓴다는 건 불행한 사실이다. 이렇게 하면 즐거워진다는 생각을 허용하는 대신, 대개는 더 이상의 고통을 피해야겠다는 생각 때문에 비로소 자기 자신을 변화시키곤 한다. 체중 감량을 예로 들어 보자. 더 건강해지기를 꿈꾸고 가슴속에 그토록 그걸 원해서 체중을 감량하는 경우도 있지만, 보통 그 고통을 견딜 수 없는 상황에서 감량에 성공하는 경우가 많다. 생활방식을 바꿔야겠다는 규율과 의지가 당신을 끌고 간다. 어떤 상황이든 마찬가지다. 스스로에게 즐거움을 주기보다는 더 이상의 고통을 멈추기 위해 더 많은 노력을 하게 된다.

199

여러 해 동안 내가 사랑했고 가까웠던 어떤 사람들은 나를 그 사람의 분노에 대한 핑계로 삼아 기회가 있을 때마다 자신의 분노를 내게 쏟아붓곤 했다. 그들에게는 모든 일이 다 내 책임이었다. 마음이 여렸던 나는 그런 비난을 떠안고 그들에게 더 많은 힘을 주는 방식으로 반응했다. 급기야 내 인생에서 고통이 너무 심해지자 상황은 달라졌다. 그제야 나는 마침내 용기 내어 솔직해지기로 했다. 마음이 꼬인 그들에게 나는 세상에서 가장 나쁜 사람이 되었다. 그러나 그런 관계를 더이상 지속할 수는 없었기 때문에 인생에서 그 사람을 잃을 위험이 있다 해도 그럴 만한 가치가 있다는 것을 깨달았다.

몇 년 동안 변하지 않았던 패턴이 깨지는 것을, 상대방은 좋아하지 않았다. 똑같은 행동을 해도 내 반응이 달라지기 시작했다. 나의 솔직하고 성숙한 반응은 더이상 상대방에게 힘을 실어 주지 않았다. 몇 년이 지난 지금 나는 그들로부터 존중받을 뿐만 아니라 애정 어린 관계를 맺게 되었다. 더욱 중요한 것은 나 자신을 존중하게 되었다는 점이다.

사람들은 당신이 허용하는 대로 당신을 대한다. 당신이 잘 알고 있든 그렇지 않은 사람이든 마찬가지다. 당신의 마음 깊숙한 곳에 자리한 당신의 기대치가 실제 그런 행동을 이끌어

낼 수 있다. 스스로를 치유하고 자신의 가치를 향상시키면, 이제 나는 이런 사람이라는 감각을 지탱하는 삶이 당신에게 온다. 더 가치 있는 삶이 당신에게 온다. 이 단계에 이르면, 당신은 그때 비로소 타인의 분노나 좌절감을 자신과 분리해 연민을 갖고 바라볼 수 있다. 그건 상대방의 감정은 상관할 바 아니라고 생각한다는 뜻은 아니다. 단지 당신이 더이상 그런 감정을 떠맡을 의사가 없다는 것을 의미할 뿐이다.

타인에게 존중받으려면 솔직해져야 하고, 자신을 존중하는 방향으로 노력해야 한다. 자기 자신에 대한 연민으로부터 시작해야 한다. 기억하자. 인간으로서 자기 자신에 대해 연민할 수 있어야 한다. 우리 중 그 누구도 완벽하지 않다. 이것을 기억할 수 있다면, 당신은 타인과 당신 자신을 모두 연민을 가지고 바라볼 수 있다. 이렇게 되면, 당신과 상대방 모두를 치유하는 데 도움이 될 것이다.

만약 당신이 비틀거리며 스스로를 존중하지 않는 길로 나아가려 한다면, 연민의 심정으로 당신 스스로가 인간으로서 연약하다는 점을 인정하고 계속 나아가라. 더딘 과정이 될 수는 있지만, 이렇게 결국 자기 자신을 존중할 수 있을 때 비로소 타인도 당신을 올바르게 대할 것이다. 스스로에 대한 애정을 갖고 스스로를 존중하기 위해 노력한다면, 인간관계 또한 질적으로 향상된다. 그런 관계가 자연스럽게 당신에게 찾아올 것이다.

만약 타인이 당신을 부당하게 대한다면, 당신 스스로 이 관계에서 어떤 기대를 하고 있는지, 진짜 치유가 어디에서 올 수 있을지 찬찬히 살펴보자. 당신은 타인을 구원할 수는 없다. 오로지 자기 자신을 구원할 수 있을 뿐이다.

만약 타인이 당신을 대하는 방식을 바꾸고 싶다면, 신체적으로뿐만 아니라 감정적으로 나 자신을 대하는 방법을 바라보는 것부터 시작하자.

연민을 갖자. 당신 자신에게 친절하라. 나머지는 자연히 뒤따를 것이다.

9월
SEPTEMBER

36th Week

_____ 오래된 허물을 벗어던질 시간_____

어떤 아이들은 학교를 좋아한다. 어떤 아이들은 그럭저럭 학교를 다니기도 하고, 학교 가기를 싫어하는 아이들도 있다. 나의 첫 학교 생활은 비교적 평화로웠다. 나는 학교에서 운동을 하며 뛰어노는 것이 좋았다. 친구들과 어울릴 수 있는 것도 좋았다.

학교에 대한 첫 번째 강력한 기억은 내가 1학년 때였는데, 그다지 행복한 날은 아니었다. 그날 나는 플라스틱 장난감 돈으로 학교 매점에서 파는 녹색 음료를 살 수 없다는 것을 알고 망연자실했었다. 다섯 살짜리 낙천주의자에게는 가슴 아픈 발견이었다!

쇼앤텔show and tell(학생들이 집에서 학교로 물건을 가져와서 자랑하는 활동 _ 옮긴이 주)은 내가 좋아하는 학교 활동이었는데, 특히 학년이 올라갈수록 학교에 가져갈 것들을 찾기 위해 농장을 뒤질 수 있어서 좋았다. 때로는 죽은 곤충이나, 아버지의 헛간에서 나온 기이한 장비 부품, 우리가 직접 만든 그 무언가 등등이 자랑거리가 됐다. 언젠가는 뱀이 허물을 벗은 껍데기를 학교에 가져갔다. 선생님과 친구들이 그걸 보고 신나게 얘기했던 기억이 난다.

최근에 시골길을 걷다가 뱀 허물을 발견했다. 행복했던 어린 시절의 기억이 되살아났을 뿐 아니라 새로워지는 것, 요즘 내가 어떻게 새로운 모습으로 살게 되었는지를 떠올리게 됐다. 곧바로 감사함과 함께 마음이 가벼워지는 것을 느꼈다.

정체성을 향상시키고 최고의 나를 발견하기 위해 의식적으로 노력하면서, 당신은 새로운 당신을 창조해 내고 있다. 옛 자아는 치유가 필요하지만, 영원히 과거의 상처를 안고 다닐 필요는 없다. 그러나 타인에게 그 상처를 단순히 공유하는 것은 중독성이 있을 수 있고, 앞으로 전진하는 데 무의식적인 장애가 될 수 있다. 당신이 안고 있는 감정적 상처에 대해 타인과 자세히 이야기하게 되면, 상대방과의 유대감이 더욱 공고해지는 동시에, 상대방의 공감이나 상대방이 겪은 비슷한 이야기를 들으며 나 자신에게 더욱 친절해질 수 있다. 이렇게 되면 상처는 당신의 정체성이 될 수 있다.

감정적인 고통을 표현해야 할 타이밍과 필요성이 분명히 있지만, 그냥 앞으로 전진하는 것이 더 도움이 되는 시점도 찾아온다. 상황을 표현할 때 어떤 단어를 사용할지에 대해 의식적으로 노력할 필요가 있다. 상처에 대한 이야기에 중독되면 그게 안전하고 친숙한 피난처처럼 느껴질 수 있다. 만약 그 상황을 바꾸면 인생이 바뀌는데, 안전한 곳에서 빠져나간다는 것이 무서워질 수도 있다. 그러나 인생은 어떻게 해서든 달라질 것이다. 그렇다면 그 변화와 방향성을 나 자신이 주도하는 것이 좋지 않겠는가!

두려움을 지워 버리자. 자신에게 솔직해지자. 자신의 감각과 마음에 거짓말을 할 수는 없다. 당신의 몸은 알고 있다. 당신의 마음도 알고 있다. 솔직해지면 몸과 마음에 안도감이 생긴다. 당신이 진짜 되고 싶어 하는 모습으로 변모하는 걸 왜 두려워하는 것인가? 이 질문에 대한 대답을 통해, 당신 안에 있는 경이로움과 아름다움을 갖춘 진정한 자아를 발견하는 데 스스로를 열어 두라.

앞으로 전진하여 새로운 버전의 내가 되는 것은 때때로 두

렵고 도전적이다. 그러나 용감하다는 것이 반드시 두려워하지 않는다는 걸 의미하지는 않는다. 용감하다는 것은, 두렵더라도 개의치 않고 앞으로 나아간다는 걸 의미한다.

큰 그림을 믿어 보자. 진짜 모습을 찾아가는 것은 당신의 영혼이 떠나는 여정이기도 하다. 당신은 진정한 자신을 발견하고자 하며 그 지혜를 다른 사람들과 나누고자 한다. 늘 하던 우울한 이야기 대신 행복한 이야기를 나누며 유대감을 쌓아 보자. 일주일 동안 좋은 이야기만 나눠 보며, 그렇게 하면 얼마나 마음이 가벼워지는지 직접 경험해 보자.

새로운 당신이 더이상 과거의 당신을 싫어하지 않게 되는 순간이 온다. 치유에 힘쓰되, 예전의 당신은 이제 놓아주자. 새로운 버전의 자신을 받아들여라. 새로운 삶에는 당신이 상상하는 것보다 더 많은 기쁨과 행복이 있을 것이다.

이제 당신은 새로 태어나는 것이다.

이제 당신의 오래된 허물을 벗어던질 시간이다.

다시 시작하기

언젠가 지구 어딘가에서는 항상 불이 난다고 읽은 적이 있다. 인공위성에서 지구를 바라보면 언제든 불타고 있는 어딘가를 발견할 수 있다.

하룻밤 사이 40명 이상의 사람들이 서부 오스트레일리아의 중심지인 퍼스 외곽에서 발생한 화재로 집을 잃었다. 몇 년 전 비슷한 시기에는 빅토리아 주에서 발생한 산불로 173명이 목숨을 잃었고, 400명이 부상을 입었다. 마을 전체가 불에 타 잿더미로 변했다.

빅토리아 주 산불은 내가 다른 주로 이사하기 불과 이틀 전에 발생했다. 운전하면서 검게 그을린 척박한 대지와 아름다운 경관이 다 타서 사라진 걸 목격했다. 검게 그을린 땅 위의 양철판

만이 다 타 버린 주택이 남긴 흔적의 전부였다. 황량한 산비탈에 타 버린 나무줄기가 을씨년스럽게 서 있었다.

화재가 발생했을 당시, 북부 퀸즐랜드 주는 대규모 홍수에 시달리고 있었다. 북쪽에서는 물난리를, 남쪽에서는 물이 없어서 아우성친 셈이다. 호주는 극과 극의 기후가 공존하는 곳이다. 최근 몇 년 동안 어느 정도 고도가 있는 곳에서도 물난리가 났다. 주택 담벼락이 급류에 휩쓸려 무너지면서 사람들이 목숨을 잃었다. 호주에서 세 번째로 큰 도시조차도 홍수가 휩쓸면서 거의 종말론적인 유령도시가 되었다. 홍수는 인공건축물이건 아니건 가리지 않고 휩쓸어 갔다. 그 결과 많은 사람들이 삶의 터전인 집을 잃었다.

2년 전 호주 역사상 최대 규모의 사이클론이 북부 퀸즐랜드 주 해안에 상륙해 시골 마을과 방대한 농경지가 물에 잠겨 농산물 생산이 중단됐다. 개인적으로도 무척 슬픈 것은, 이 사이클론으로 한때 나의 고향이었던 아름다운 섬도 큰 타격을 입었다는 사실이다. 그곳에 살던 친구들은 일터와 집을 잃었다.

남 오스트레일리아와 블루마운틴 지역을 포함해 모든 곳에서 발생한 화재는 과거에도 많은 가정과 사업체를 앗아갔다. 빅토리아 주와 태즈매니아 주에서 최근 발생한 홍수도 마찬가지다. 이런 자연재해는 전 세계와 국제뉴스에서 항상 볼 수 있다. 아시아의 홍수와 지진, 미국의 화재, 유럽의 홍수와 극도의 추위, 아프리카의 가뭄……. 뉴스는 계속 이어진다. 그리고 항상 그럴 것이다.

인간의 삶은 대자연의 힘에 좌우된다. 우리가 자연재해라고 부르는 현상은 사실 지구가 생명을 유지하고 진화해 온 과정이다. 우리가 명심해야 할 것은 지구 최후의 날이 온다면 그것은 지구의 결정이지 우리의 결정사항은 아니라는 점이다.

그렇다면 가족, 집, 직업, 음식 등 삶의 안정을 주는 모든 것을 잃은 사람들은 힘든 시간을 견뎌낸 후 무엇을 할까? 타인에게 받는 방법을 알게 된다. 그리고 다시 시작하는 방법을 알게 된다.

때로는 자연재해가 아니라 상처받은 인간관계나 사랑하는 사람의 죽음, 또는 삶의 수많은 도전을 겪게 된다. 대부분의 사람은 인생 어느 시점에서는 어떤 방식으로든 다시 시작하는 법을 알게 된다.

몇 년 전 산불이 시드니 외곽 마을을 위협하고, 굉음을 내며 주변의 숲을 덮치고 지나갔다. 그 후 나는 사촌들과 불모지를 지나 수영하러 물웅덩이로 갈 일이 있었다. 모든 나무는 숯덩

이로 변했고 대지는 타 버렸다. 한때 초목에 가려졌던 암석이 고스란히 드러났다. 그러나 이 광경에서 가장 강한 인상을 남긴 것은, 나무와 땅에서 돋아나고 있는 새 생명의 싹이었다. 아주 최근에 다시 그 물웅덩이에 가 보았다. 최악의 자연재해에서 살아남아 훨씬 더 강한 모습으로 돌아온 생명이 건강하게 성장하는 모습을 볼 수 있었다.

시련 후에도 자연은 계속 생명을 유지한다. 그 생명은 새롭게 창조된다. 우리 인간도 이 생물학적 순환의 일부분이기 때문에, 우리 또한 다시 시작하고, 새로워질 선택권을 가지고 있다. 매일매일 우리는 다시 시작하고, 어떤 식으로든 새로운 것에 박차를 가하고, 또다시 시작할 수 있는 기회를 부여받는다.

자연재해든, 마음의 고통이든, 실직이든, 건강상의 어려움이든, 아니면 다른 어떤 시련을 겪든 포기하거나 다시 시작할 선택권이 있다.

용기가 필요할 것이다. 눈물을 흘리거나 좌절해야 할지도 모른다. 하지만 그것은 또한 당신 내면의 강인함과 아름다움을 일깨워 줄지도 모른다.

_____ 인터넷 세상에 연결한다는 것 _____

멋진 아침을 맞았다. 일 년 중 내가 가장 좋아하는 가을이 또 찾아왔다. 대지에 영양을 공급하는 햇볕이 산자락을 따뜻하게 감싸는 걸 보면서 생각했다. 계절의 변화를 즐기면서 재택근무로 대부분의 일을 할 수 있어 믿을 수 없을 만큼 감사하다고.

인터넷이 세상을 연결해 준 이후 내 삶은 엄청나게 발전했다. 대부분의 사람들에게 인터넷은 삶의 중요한 요소가 됐다. 물론 여전히 인터넷으로부터 완전히 자유로운 삶을 사는 사람도 있긴 하지만 말이다. 균형만 잘 유지할 수 있다면, 인터넷은 정보 접근, 학습, 오락은 물론 내가 가장 좋아하는, 같은 생각을 가진 사람들과 연결할 수 있는 훌륭한 도구다. 인터넷 사용과 현실 사이에서 불균형이 발생하면, 어떤 불균형이라도 마

213

찬가지겠지만, 효용이 줄어든다. 게임이든 포르노든 페이스북이든 어떤 종류의 인터넷 중독이라도 다른 중독과 비슷하다.

인터넷에 중독된 사람은 진짜 삶과의 연결을 잃어버리고, 잠재된 욕구를 피상적인 인터넷 연결로 채우게 되며, 현실로부터 도피가 필요하다고 느끼게 된다. 사이버 공간의 익명성 때문에 일부 사람들은 실제 생활과는 전혀 다르게 돌변하기도 한다. 안타깝게도 어떤 이들은 익명성 뒤에 숨어 험한 말을 쏟아내고 불친절하게 행동하기도 한다. 직접 얼굴을 마주하고는 절대 할 수 없을 행동이다. 인터넷의 추악한 측면이다.

나는 세상을 긍정적인 각도로 보려고 노력하는데, 이렇게 인터넷의 긍정적 측면만 보자면, 인터넷 기술 시대가 열리면서 여러 가지 면에서 세상이 하나가 되었다. 정보에 쉽게 효율적으로 접근할 수 있게 됐다. 예술가들이 돈의 논리 때문에 예술혼을 방해받는 대신, 예술가 스스로 자신의 작품을 전시할 채널을 만들 수 있게 됐다. 인터넷 덕분에 고립된 국가의 숫자도 계속 줄어들 정도로 인터넷은 세계를 점점 더 작게 만들고 있다.

어제 아침 나는 뉴욕에 사는 한 언론인과 인터뷰를 했다. 우리는 서로 다른 분야에서 일하지만, 재택근무를 하며 글을 쓰는 엄마라는 공통점이 있었다. 내가 사는 시골 마을은 매우 조용한 일요일 아침이었고, 새들이 지저귀는 소리가 들려왔다. 반면 기자가 있는 뉴욕은 토요일 저녁이었다. 멀찌감치 들려오는 뉴욕의 차 소리를 들으며, 이렇게도 다른 두 세계가 이토록 쉽고도 즐겁게 연결 가능하다는 점에 경이로워했다.

그러니까 나는 이곳 호주에서 아름다운 월요일 아침, 마당에 흩뿌려진 노란 낙엽과 산등성이에 내리쬐는 완벽한 햇살을 보면서, 창문 밖에서 불어오는 산들바람을 느끼고 새들이 지저귀는 소리를 들으며, 다른 마을이나 다른 나라에서 전혀 다른 라이프 스타일로 살아가는 당신에게 글을 쓰고 있는 셈이다.

이렇게 다른 우리지만 기술 덕분에, 비슷한 철학과 가치관을 가진 사람들이 모여 우정과 유대감을 형성하게 된다. 컴퓨터처럼 차가운 기계가 전 세계에서 모이는 무한한 양의 긍정 에너지를 발산하는 매개체가 된다는 것은 참 신기한 일이다.

인터넷 연결은 우리 모두를 위한 선물이며, 우리가 어떤 방식으로 인도되어 가든, 우리의 삶을 더 나아지게 하는 도구다. 인터넷에서 찾을 수 있는 자원을 활용하고, 같은 생각을 가진 다른 이들에게 손을 내밀어라. 긍정을 인터넷 세상에 확산시키고 호의를 베풀자. 이 세상은 인터넷 덕분에 '좋은' 의미에서 더 작은 곳이 되었으니 말이다.

_____다채로운 색깔의 아름다움_____

내가 가장 좋아하는 색은 항상 보라색이었다. 오랫동안 좋아한 색이었다. 몇 년 연속, 나와 생일이 비슷한 친구들끼리 '보랏빛 열정 파티'를 열기도 했다. 파티에는 보라색 케이크, 보라색 펀치 음료, 보라색 디저트가 가득했고 초대된 사람들도 모두 보라색 옷을 입었다. 나는 여전히 보라색을 좋아하지만, 그것이 지금 내가 가장 좋아하는 색인지는 확실하지 않다. 요즘 나는 특별히 한 가지 색을 선호하지는 않는다. 사실 이제는 모든 색깔을 사랑한다!

집 내부 장식을 위해 네 가지 색을 골랐다. 인테리어 디자이너인 친구가 말하길, 집 바깥으로 풍경이 보인다면, 벽을 약간 어둡게 칠해서 그 풍경의 액자처럼 만드는 것이 멋져 보일 거라고 했다. 그래서 거실은 행복하지만 너무 과하지 않은 노란색으로 칠했고, 산 풍경이 보이는 벽은 짙은 진홍색으로 칠했다. 처음 봤을 때에는 가지 색깔에 더 가깝지 않을까 하는 우려가 있었지만, 색은 아주 잘 어울렸다. 실제로 벽을 칠했을 땐 샘플카드에서 봤던 색과 톤이 많이 차이 나서 적잖이 놀랐었다. 그래도 상관없었다. 나는 적응했다.

내 예상대로 색이 나왔든 아니든, 색깔 자체는 하루에도 어떤 시간인지에 따라 빛의 각도가 다르기 때문에 다르게 보인다. 즉 어떤 경우에도 그 색이 결코 내가 예상한 대로 보이지는 않을 것이다.

우리의 삶을 바라보는 빛과 각도에서도 같은 일이 일어난다.

일이 추진력을 얻으면서 진전될 때, 당신은 새로운 느낌으로 새로운 삶을 향해 걸어간다. 점점 자연스럽고 편안해지기 시작한다. 물리적인 삶의 변화 또한 계속 진행된다. 과거에 했던 노력과 집중이 지금 현재 당신의 잠재의식에 영향을 미치고 있기 때문이다. 그리고 그 잠재의식이 당신에게 사물을 끌어오는 부분이기도 하다.

잠재의식은 태어날 때부터 프로그래밍되어 온 것이기 때문에 이따금씩 오래된 패턴이 표면으로 드러나기도 한다. 앞으로 나아가는 와중에도 별로 좋지 않아 보이는 일이 일어나는 날도 있겠지만, 그걸 거대한 재앙으로 해석할 필요는 없다. 그것은 그야말로 과속방지턱에 불과하다. 당신의 예전 마음은 그 좋지 않은 일을 '전혀 발전한 게 없어.'라며 비극적으로 생각하려고 할 수도 있지만, 사실 당신은 발전한 것이다.

이럴 때는 색상표처럼 대비를 긍정적인 방법으로 활용하라. 대비를 잘 활용하는 것은 삶에 있어서 필수적인 부분이고, 무엇이 당신에게 가장 중요하고 가장 원하는 것인지를 정의하는 데 도움을 준다.

일기를 쓰거나 심지어 예전 사진을 보는 것은 당신이 실제로 얼마나 멀리 왔는지를 상기시키는 좋은 방법이다. 힘든 날에는 낡은 자기 패배적 사고 패턴에 굴복하기보다 스스로에게 용기를 주어라. 정말 잘해 나가고 있다는 점을 인정해라. 당신은 변화를 시도하고 있으며 노력을 하고 있다. 당신은 당신이 되고 싶어 하는 그런 사람으로 변모하고 있다. 인생에서 노력은 반드시 빛을 본다. 낡은 자기 패배적인 생각을 빨리 떨쳐 버릴수록, 다시 자기 자신 속에서 더 빠르게 전진할 수 있을 것이다.

당신의 삶을 어떤 각도에서 바라볼지에 대해 의식적으로 선택하는 것이 필요하다. 그렇게 의식적으로 선택하게 되면, 한

번 할 때마다 한 가지의 무의식적인 생각을 변화시키고, 한 번 선택할 때마다 무의식적인 순간도 바뀐다. 잠재의식은 당신이 어떤 생각을 주입시키든 그걸 믿을 것이다. 그러므로 당신이 발전하고 있다는 것을 인지하고 격려와 자기애를 잠재의식에 주입하라. 의도하고자 하는 방향성과 추구하고자 하는 삶을 계속 바라보며 나아가자. 과속방지턱은 그저 잠깐의 과속 방지용이라고만 생각해야 하며, 그 이상으로 여기는 것은 안 된다. 잠재의식은 당신이 집중하는 것을 계속 당신 방향으로 끌어당길 것이다. 그러니 긍정적인 변화에 초점을 맞추고 계속해서 당신이 가는 길을 잘 느끼며 꿈을 향해 전진하라.

길에는 과속방지턱도 있고, 때론 우회로로 돌아갈 때도 있을 것이다. 그렇다고 해서 세상이 끝났다든지 꿈이 끝난 것이라고 해석할 필요는 없다. 실제로도 그렇지 않다. 당신이 바라던 완벽한 각도나 색깔로 사물을 보고 있지 않을 수도 있지만, 아마도 약간 다른 각도나 색깔도 그렇게 나쁜 것만은 아닐 것이다. 보는 시선을 조금 바꾸려는 의지만 있다면 결국에는 더 나은 결과를 얻을 수 있다. 도전하면 지혜를 발견할 수 있다는 점을 언제나 신뢰하자. 당신은 여전히 올바른 방향으로 움직이고 있다.

만약 당신의 하루가 당신이 별로 보고 싶지 않은 색조로 시작되었다고 해도 같은 날의 다른 시간이 되면 그 사건이 다르게 보일 수 있다는 점을 명심하자. 어떤 상황이라도 긍정적인 측면은 존재하기 마련이다. 당신이 초점을 맞추기로 선택한 것, 당신이 잠재의식에 주입하겠다고 선택한 것, 그리고 당신이 끌어당기겠다고 선택한 것은 결국 당신과 당신이 삶을 바라보는 각도에 달려 있다.

인생을 화려한 축제로 삼아라. 인생에는 환상적인 색깔이 너무나 많다. 그 다양한 아름다움에 눈을 뜨기만 하면 된다.

10월
OCTOBER

————— 기분전환을 위한 활동 —————

누구에게나 나쁜 날도 좋은 날도 있다. 좋든 나쁘든 지나가게 마련이고, 좋은 날이든 나쁜 날이든 다시 찾아온다.

인생은 빛과 어둠 사이의 균형이다. 좋은 날에만 애착을 갖고 나쁜 날은 두려워할 때 행복이 찾아오는 것이 아니라, 둘 다 삶의 일부라는 것을 받아들여야만 찾아온다. 이 사실을 수용하게 될 때, 좋은 시간은 즐기고 어려운 시기를 통해 교훈을 배우며, 두 시기 모두 나름의 역할이 있음을 이해하는 한편, 좀더 균형 잡힌 관점과 평정심으로 살아갈 수 있다.

인생에서 배움은 평생에 걸쳐 일어나게 된다. 이렇고 저런 일이 생기면 모든 게 영원히 완벽할 것이라고 말하는 건 소용 없다. 그런 일은 결코 일어나지 않는다. 왜냐하면 당신 인생에는 배울 기회가 더 많이 찾아올 것이기 때문이다. 이것을 받아들일 때 삶을 살아가기가 수월해진다. 당신은 삶에서 일어나는 일들에 대처하고 이해할 수 있게 된다. 그 과정에는 언제나 배움이 있을 것이다.

하지만 이따금 시련이 찾아와 오랫동안 머무르기도 한다. 며칠, 몇 주, 몇 달, 심지어 몇 년 동안이 될 수도 있는 힘든 시간을 겪고 있노라면, 언젠가는 지나갈 것이라는 믿음을 갖기가 쉽지 않다. 그나마 희망을 가져 보려고 해도 너무 오랫동안 어둠의 시간을 겪었다면 희망에 의존하기도 어렵다.

그런 시기에는 아주 작은 것이라고 해도 하루에서 어떤 즐거움을 찾아내는 것이 필요하다. 때로는 작아 보이는 무언가가 상황을 반전시키는 촉매제가 되기도 한다. 침대에서 일어나 하루를 살아야 할 이유를 찾는 것조차 어려운 과제로 느껴진다면, 자기 자신에게 친절해져야 한다. 지금은 아주 작은 걸음만 내디딜 만큼의 능력만 있을 뿐이라는 사실을 받아들이자.

기분이 나아지기 위해 할 수 있는 활동을 제안해 본다.

1. 색연필을 사서 그림을 그리거나 컬러링 책과 도구를 구입한다. 단순하고 유치해 보일 수도 있다. 그러나 색깔은 실

제로 마음을 치유할 때 많이 쓰이기도 한다. 그림이나 색칠에 신경을 쏟으면 나쁜 상황을 생각하는 대신, 현재 당신이 있는 그 공간에 집중하게 된다. 색깔을 활용한 그 어떤 창작 행위라도 유익하다.

2. 당신의 장점을 나열한 목록을 만든다. 그렇다. 당신에게 있는 바로 그 장점을 적어 보자. 모든 사람에게는 장점이 있다. 과거에 했던 일 중 기분을 좋게 해 준 일들을 생각해 보라. 당신이 한 행동일 수도 있고, 스스로에 대해 좋아하는 구석일 수도 있다. 주변에 아무도 그렇게 해야겠다고 생각 못 했을 때 누군가에게 친절한 행동을 했을 수도 있다. 아니면 당신의 미소를 좋아한다든지, 사람들을 웃게 만들었던 자신의 어떤 면모(또다시 그렇게 할 수 있을 것이다)라든지. 부정적인 측면은 언급하지 말고, 자신의 긍정적인 부분만 적어 보자. 부정적인 것은 허용되지 않는다.

3. 새를 볼 수 있는 어딘가로 가 보자. 그냥 새들이 하루 종일 어떻게 지내는지를 지켜보자. 살아 있음을 기뻐하는 새들의 노래를 들어 보자. 자유롭게 날아다니는 새들의 모습을 지켜보자. 새들도 살아남아야 하고 나름의 도전도 있지만, 그 와중에서도 즐겁게 보내야 한다는 것을 기억하는 것처

럼 보인다.

4. 24시간 동안 컴퓨터를 금지한다. 켜지도 않는다. 규칙적으로 그런 날을 가져 보자. 우리가 사는 지금 이 세상에서는 바깥에서 벌어지는 생활을 잊기 쉽다. 컴퓨터는 많은 면에서 좋은 도구이며, 특히 사람들을 하나로 모을 수 있는 도구이다. 하지만 다른 측면으로 보자면 컴퓨터는 당신을 고립되게 만들기도 한다. 그러니 가끔은 컴퓨터를 끄고 컴퓨터가 당신의 삶을 차지하기 전에 즐겼던 것을 하라. 산책이나 운동도 긍정적이다.

5. 당신을 웃게 만들어 줄 친구에게 전화하라. 의도는 좋다고 하더라도 당신의 슬픔에 같이 침잠할 사람 말고. 오늘은 그런 날이 아니다. 그저 쓸데없는 농담을 할 만한 친구한테 전화하라. 아무도 생각이 나지 않으면, 산책하러 나가는 것도 방법이다. 이웃 사람들 중에 항상 쾌활했던 사람을 떠올려 보자. 그들과 잠시 이야기를 나누고 웃어라. 그들도 좋아할 것이다.

6. 멋지고 기분이 좋아지는 옷을 입어 보자. 지금까지 입었던 옷보다 더 밝은 색깔을 골라 보자. 공들여 한껏 멋을 부려 보고 스스로에 대한 자부심을 가져라. 스스로를 속여서 기

분이 좋아지는 것뿐이라고 생각할 수도 있겠지만, 그건 중요하지 않다. 그렇게 변화하는 것이다. 현재 상태를 바꾸기 위해서는 변화가 필요하니까. 우울할 때 성취할 수 있는 목표다.

7. 아이가 있는 사람을 찾아가서 어린아이들과 잠시 어울린다. 노래 부르기, 흉내 내기, 숨바꼭질을 같이 해도 좋다. 그럴 수 없다면 멀리서 아이들이 노는 모습을 지켜보자. 아이들이 단순하게 즐거워하는 모습을 관찰하고, 당신도 한때 어린아이였다는 것을 기억하라. 이런 자질은 여전히 당신의 일부분이다. 그네에 올라타 보자. 몸을 뒤로 젖히고, 바람을 맞으며 허공에 미끄러지는 자신을 느껴 보자.

8. 옛날 사진첩을 훑어보고 행복했던 시절의 기억을 더듬어 보자. 비록 당신을 슬프게 하는 기억이 되살아나더라도, 좋았던 기억에 집중해 보자. 단, 그 당시 축복과 같은 기억보다 상실감, 외로움, 혹은 결핍의 감정에 휘말리기 쉬우니 유의하자. 만약 사진이 없다면, 즐거웠던 기억들을 떠올려 보자. 크게 웃는 것은 분명히 허용된다.

9. 건강에 좋은 음식을 먹어라. 스스로 음식을 준비할 힘이나 에너지가 없다면, 밖에 나가서 신선한 주스, 샐러드, 혹은

수프 등을 사 오자. 누가 되었든 당신에게 서비스를 제공하는 이들과 대화하고 그들을 향해 웃어라. 건강한 음식은 몸과 마음을 치유한다. 웃는 것도 그렇다.

10. 목욕 시간을 아름답게 보내라. 향기 있는 입욕제나 양초를 사용해도 좋다. 한낮에 목욕하더라도 특별한 시간으로 만들어라. 몸에 사치를 선사하라. 가능하다면 마사지를 받아 보자. 인간의 손길은 우리 모두에게 필요한 것이고, 우울한 기분에 스스로를 고립시킨 상황에서는 이런 손길이 그리워질 수 있다. 만약 포옹할 사람이 있으면 포옹하라. 그렇지 않다면, 나가서 사람들을 만나거나 동물을 쓰다듬어라. 우리 모두는 타인과의 접촉이 필요하다.

현재 당신 기질을 바꾸기 위해 할 수 있는 사소한 일 하나하나가 보이는 것보다 훨씬 더 유익하다. 행복이나 희망을 약간이라도 가질 수 있다면 아무리 작더라도 없는 것보다는 낫다.

만약 당신이 이 중 한 가지라도 실천할 수 있다면, 그 노력을 자축하라. 한때 강인했던 당신의 모습이 아니라고 해도 그것은 중요하지 않다. 당신의 삶에 치유가 일어나고 있다는 믿음을 가져 보자. 당신은 예전의 당신으로 돌아갈 필요가 없다. 치유의 시간이 지나면 당신에게 잠재해 있던 바로 그런 사람이 될 것이다. 새롭고, 놀라우며, 수용적이고 행복한 사람 말이다.

다시 웃을 수 없을 것 같은 생각이 들었더라도 결코 희망을 잃지 말자. 당신은 다시 웃게 될 것이다. 그냥 그렇게 될 것이다.

다시 웃게 될 것이라는 믿음만으로도 충분히 웃을 만한 가치가 있지 않은가!

⎯⎯ 내게 주어진 시간이 딱 30초라면 ⎯⎯

몇 주 전, 평소처럼 평화로운 밤이었다. 갑자기 예기치 못한 일들이 일어났다. 집에서 아주 가까운 곳에서 트럭이 질주하는 것 같은 우르릉 소리가 나기 시작했다. 거울은 흔들렸고, 새들은 비명을 질렀다. 약 15초 후에 멈췄지만, 곧이어 또 다른 우르릉 소리가 났다. 이번에는 그 소리를 트럭으로 착각하지 않았다. 지구의 움직임, 지진이었다. 지구 또한 사람들처럼 항상 변화하고 있다는 것을 상기시켜 주었다. 그 소리는 집에서 약 1시간 거리인 호수 바닥의 중심부로부터 17킬로미터 떨어진 곳에서 발생한 지구의 진동이었다.

30초간 우르릉거리는 소리에 대한 그 어떤 경고도 없었다. 인생을 바꿀 시간이란 전혀 없었다. 사실상 인생의 마지막 30

초가 될 수 있었다. 그 후 우리는 또 우르릉거리는 소리가 나지 않을까 기다렸지만, 이후엔 모든 것이 조용했고 그대로 남아 있었다.

우리 집에는 부상자도 별다른 피해도 없었다. 고맙게도 그 지역 전체에서 어떠한 부상자 신고도 없었다. 하지만 지진은 삶이 얼마나 빨리 변할 수 있는지, 또 실제로 빠르게 변한다는 점을 일깨워 주었다.

지진이 조금이라도 더 컸더라면 지붕이 무너지거나 벽이 무너지는 상황에서 목숨을 걸고 달려야 했을지도 모른다. 극적으로 들릴 수도 있다. 비록 작은 규모의 지진이었지만, 더 큰 지진을 경험한 사람들에게는 실로 극적이었다. 많은 사람들이 30초보다도 더 짧은 찰나의 상황에서 지진은 물론 다른 예기치 못한 사건들로 목숨을 잃는다.

30초 동안이라면, 잠시 생각을 할 수 있는 시간이고 심지어 어느 정도는 삶을 돌아볼 수도 있다. 그 정도의 시간이라면, 지진 규모가 집에 구조적인 피해를 입힐 만큼 컸다면, 내 딸을 데리고 나가는 것 외에 아무것도 갖고 나갈 시간은 없었을 것이다. 정말 위기에 처했을 때에는 소유물이 얼마나 덧없는지 깨닫게 된다. 시간이 없는 급박한 상황에서는 사랑하는 사람들

말고는 중요한 게 아무것도 없다.

많은 사람들처럼 내게도 급작스러운 교통사고로 세상을 떠난 친구들이 있다. 30초는 그 친구들에게는 긴 시간이었을 것이다. 세상을 떠나는데 그 친구들에게는 30초조차 주어지지 않았다. 분명한 사실은, 내가 아끼던 사람들처럼 (내 회고록에 쓴 말기 환자들) 많은 이들에게는 삶을 돌아볼 더 긴 시간이 주어진다. 어떤 이들에게는 전혀 시간이 주어지지 않고, 어떤 이들에게는 딱 30초만 주어지기도 한다.

나는 두 지진 사이에 있었던 짧은 선물과 같은 시간에 대해 생각해 보았다. 내가 사는 곳은 지진이 자주 일어나는 곳은 아니다. 마지막 지진이 발생한 것은 43년 전의 약한 진동이었다. 그 전처럼 이 지진은 갑자기 나타났는데, 이것은 우리가 결코 이런 자연 현상을 완전히 통제할 수 없음을 재차 분명하게 상기시켜 준다.

당신 삶의 마지막 30초는 언제가 될지 알 수 없다. 정말 알길이 없다. 그러나 그 짧은 시간이 주어진다면 어떤 생각이 뇌리를 스쳐 지나갈까? 나에게, 그리고 대부분의 사람들에게도 그때 생각나는 건 사랑하는 사람일 것이다.

일상생활에서는 작고 사소한 일에 집중하기 쉽다. 우리는 사소한 일들로 가득한 세상에 살고 있다. 그러나 다른 모든 것이 무너져 버리는 순간에는 그동안 관심 대상이었던 물건들의 중요성은 죄다 사라지고, 삶에서 진정으로 중요한 것이 무엇인지를 상기하게 된다. 그것은 바로 사랑이다.

사랑이 가장 중요하다는 사실은, 가끔 대지의 우르릉거리는 소리처럼 불쑥 떠오르기도 한다. 인생이 얼마나 빨리 끝날 수 있는지 상기하게 해 주는 이런 기회는 사실 각성할 수 있는 축복과도 같다.

오늘 인생이 끝난다면 마지막 30초를 어떻게 보내고 싶은가? 당신의 현재 삶의 방향은 마지막 30초 동안 하고 싶은 것과 일치하는가?

그렇지 않다면, 지금이 바로 변화해야 할 때다.

●———순간의 차이를 발견하는 기쁨———●

밤새 부드럽게 비가 내렸다. 양철 지붕에 부딪히는 빗소리가 자장가가 되어 주었다.

실로 오랜만에 딸아이가 푹 잠들었다. 그 결과, 나는 비교적 정상적이고 뭔가를 할 수 있는 상태로 다음날 아침을 맞이할 수 있었다. 아이가 자꾸 밤에 깨면서 제대로 자지 못해 머리가 멍한 상태로 아침에 깨어났던 지난 몇 달 동안과 비교해 보면 너무나 잘 잤던 것이다.

해가 뜨고 쨍하게 맑은 햇빛이 앞뜰을 비추었다. 어제 보았을 때 뜰은 초록색이었다. 밤새 비가 내린 후 뜰을 보니 낙엽이 떨어져 밝은 노란빛이 돌고 있었다. 푹 자고 난 후 맑아진 머리와 그 전날과는 사뭇 다른 뜰의 풍경을 보며, 단 하루가 이렇게 큰 차이를 만들어 낼 수 있음을 새삼 느꼈다.

내일 우리 가족은 짧은 휴가를 즐기기 위해 길을 떠난다. 여행을 떠나면 다른 곳에서 다른 시각으로 세상을 바라볼 수 있게 된다. 여행은 관점을 전환하는 데 좋다. 하지만 꼭 여행을 떠나야만 다른 관점을 얻을 수 있는 것은 아니다. 일상생활에서도 단 하루 사이 변화나 순간이 만들어 내는 변화를 감지하는 것만으로도 인생에 차이를 만들어 낼 수 있다.

혹시 당신이 어려운 시간을 겪고 있었다면 – 어려움으로 가장한 성장의 시간일 수도 있다 – 이런 순간의 변화를 통해 마음속에 희망의 불씨를 피울 수 있다. 물리적인 변화는 더딜 수 있겠지만 그 하루, 그 한 순간 희망의 불씨가 돌아온다면, 바로 그때 파도의 방향이 바뀔 수 있다.

어떤 경우에는, 단 하루 동안의 변화가 너무나 드라마틱해서 의심할 여지도 없이 삶이 얼마나 순식간에 바뀔 수 있는지 새삼 느낄 수도 있다. 단 하루 만에 삶이 긍정적인 방향으로 선회하기도 한다.

이렇게 누군가와 나눈 단 한 번의 대화, 간밤에 내린 비처럼 물리적으로 바로 알 수 있는 변화의 촉발점이 있다. 그러나 당신의 의식 속에서 조금씩 변화가 일어나서 자신도 알아채지 못하는 사이에 무언가에 준비되었다는 마음이 들기도 한다. 갑자기 살아가는 게 좀더 수월해지고 해 볼 만하다는 느낌이 든다. 자신감이 생기고 뇌가 깨끗해지는 기분이 든다.

이런 순간은 우리 모두에게 실제로 찾아올 수 있다. 이런 순간이 도래하면 모든 것을 완벽하게 해내려고 애썼던 에너지를 많이 줄일 수 있다. 어느 날 아침 일어나 보니 좀더 마음이 가벼워지고 발걸음도 경쾌해지면서 완전히 다른 사람처럼 느껴지는 그런 순간 말이다.

하룻밤 푹 자는 것이 마음을 새롭게 다잡고 스스로 변화해 나가는 데 얼마나 큰 도움이 되는지, 단 하루가 얼마나 삶에 큰 변화를 가져다줄 수 있는지, 예상하지도 못했던 순간에 어떤 통찰이 머리를 스치고 가면서 내 삶을 바꿀 수 있는지, 생각해 보면 놀랍다.

딱 한 순간, 자각할 수 있는 아름다운 단 한 순간을 온몸으로 느낀 결과다.

─── 인생이라는 여정에서 만나는 표지판 ───

다른 마을이나 지역을 처음 방문할 때마다 나는 직관과 방향 감각에만 의존해 돌아다니는 것을 즐긴다. 때로는 길을 잃고 때로는 길을 찾곤 했다. 어떤 때는 길을 잃는 것이 다른 좋은 일로 이어지기도 했다.

지금도 나는 새로운 장소에서는 나만의 길찾기 패턴을 유지하고 있다. 나는 정말 필요한 경우에만 지도를 사용한다. 길을 잃고 돌아다니게 되면, 지도에서 가르쳐 주는 큰길만 다녔더라면 가지 않았을 곳을 발견하게 된다.

GPS 장치 또한 다른 기술처럼 언젠가는 내 삶 속으로 들어오게 될 것이다. 하지만 나는 이 기술을 빨리 받아들이겠다며 서두르지 않는다. 길을 잃었을 때 나는 지역 주민들에게 길을 물어 본다. 이런 대화는 나의 하루에 미소를 더해 주고, 낯선 사람과의 멋진 실타래를 만들어 준다. 어느 날은 결국 한 어르신과 그분 집 옆 차도에서 이야기를 나누다가 친근한 대화로 바뀌면서 집안으로 초대를 받았다.

어르신과 어르신의 부인은 집 구경을 시켜 주면서 얼마 전 수리한 곳을 자랑스럽게 설명해 주었다. 나는 그 집에 한 시간 이상 머물렀다. 아름다운 순간이었다. 내가 길을 잃은 것이 즐거운 대화로 바뀌었고, 나와 그 노부부 모두에게 색다른 기분 전환의 경험이 되었다.

길을 잃는 것이 놀라운 발견으로 이어지기도 한다. 큰 도로에 연결되는 작은 길들을 새롭게 발견할 수 있기 때문이다. 새로운 도시를 알아가는 과정에서 지역 주민들이 이용하는 이면도로를 알게 되는 셈이다. 나는 이미 알고 있는 특정한 길이 다른 길로 이어질 수 있다는 깨달음의 순간을 즐긴다.

하지만, 장거리 여행의 경우에는 표지판이 매우 편리하다. 그런데 어떤 마을 표지판을 보면 그곳으로부터 1,000킬로미터나 떨어진 곳에 있는 도시를 마치 옆 마을인 것처럼 적어 놓기도 한다. 나는 이런 마을들을 사랑한다. 그 도시와 이 마을 사이에 수많은 다른 마을이 있지만, 그 도시가 표지판에 언급될

만큼 가까이 있는 것처럼 만들어 놓는다.

자동차 도로를 위해서만 표지판이 필요한 것은 아니다. 인생에도 중간중간 상당히 분명한 표지판이 나타난다. 어떤 특정한 방향으로 가다가 갑자기 표지판이 나타나 완전히 다른 방향으로 향해야 할 수도 있다. 이전에 한 방향으로 표시되어 있었던 모든 표지판은 사라지고, 느리지만 확실하게 새로운 방향으로 가는 표지판이 하나씩 나타난다.

순항할 수도 있지만, 표지판이 느닷없이 나타나 바위투성이의 길로 인도하기도 한다. 어떻게 이런 변화가 올지 몰랐을까, 어떻게 중간에 나타났던 다른 표지판을 보지 못했을까 궁금할 수도 있다. 하지만 가려고 했던 길이 막혀 다른 길로 가야 하는 경우에도, 나름의 보상이 있게 마련이다. 이제 새로운 시각에서 삶을 바라볼 수 있게 된다. 모든 표지판이 순조로운 직선도로만을 계속 안내했더라면 그런 새로운 시각을 경험할 수는 없었을 것이다.

바위투성이의 길을 따라 여행하다가 온 힘을 다해 결국 정상에 오르면, 길 너머를 볼 수 있는 지점에 도달한다. 경치는 장관이다. 당신이 그동안 경험했던 것과 전혀 다른 세계를 보여준다. 표지판을 따라온 것이 결국 축복이 되는 셈이다.

때때로 작은 길로 들어서면 뚜렷한 표지판이 없는 경우도 있다. 그때는 스스로의 직관의 표지판을 따라가야 한다. 계속 전진하지만 어디로 가고 있는지 알기 어려울 수 있다. 그 전에 가고자 했던 방향이 가로막혔다는 것만 알고 있을 뿐이다.

이런 때일수록 믿음과 신뢰가 필요하다. 또한 한 발자국씩 차분하게 전진하려는 의지를 갖고, 앞으로 펼쳐질 미래가 긍정적일 것이라고 믿어야 한다. 이 특별한 여정이 가져올 선물을 지금 아직 볼 수 없을 뿐이다. 하지만 오랫동안 가만히 한 곳에 머무를 수는 없다. 인생은 계속 전진하라고 우리를 소환한다.

과거는 사라졌다. 과거를 돌아보며 잃어버린 건 무엇인지 아쉬워하고, 이랬더라면 달랐을 텐데 하는 후회를 하면서 시간을 보낼 수도 있다. 하지만 그렇게 하면 당신은 바로 오늘이 가져다주는 선물들을 놓치게 될 것이고, 더 나은 미래를 가리키고 있는 표지판 또한 놓치게 될 것이다.

용감한 당신은 지금 할 수 있는 일을 하기로 하고, 한 번에 한 걸음씩, 당신의 내면에서 들려오는 조용하고 현명한 목소리에 귀를 기울이며 크게 한 번 심호흡한 후 한 걸음을 내딛는다. 앞으로 나아갈 용기가 부족하다면 휴식을 취하고 다음 표지판이 나타나기를 기다릴 수도 있다. 그렇게 하면 실제로 다음 표지판이 나타난다. 항상 그렇다.

하지만 모든 표지판이 명료하지는 않다. 나중에 돌아보면 괜찮았던 표지판 중 다수는 반드시 유쾌해 보이지는 않는 형태로 나타났던 경우가 많다. 그러나 과감하게 눈을 부릅뜨고 삶이 당신을 어디로 이끌어 갈지 잘 본다면, 저항감은 줄어들고 그 여정은 한결 더 수월해진다. 결국에는 더 즐거운 여정이 된다.

성장, 배움, 때로 이에 동반하는 고통에 면역이 되어 있는 이는 없다. 그러나 길을 가다 보면 당신에게 도움을 줄 수 있는 표지판도 언제나 존재한다. 그 표지판을 볼 수 있도록 마음을 열고, 인내심을 갖자. 그런 표지판이 보이지 않는다고 해도 신뢰를 유지한다면 더 수월하게 인생 여정을 이끌어 갈 수 있다.

표지판이 표지판처럼 보이지 않는 경우도 있다. 때때로 그 표지판은, 삶에 지장을 초래하는 사람들이라는 형태로 나타나기도 하고, 그동안 누리고 있던 안전이 사라진다든지, 또는 제대로 되는 게 하나도 없는 현실로 나타나기도 한다. 또한 무심코 스쳐 지나가는 조언, 어떤 동기화되어 있는 순간, 삶에 나타나는 새로운 사람, 또는 현재의 어떤 사건을 다른 관점으로 보게 하는 과거 기억의 형태로도 나타날 수 있다.

어떤 형태를 띠고 있다 하더라도 그 표지판을 믿어라. 믿음이 그 표지판을 더 분명하게 보이도록 할 것이다. 눈과 귀를 열고 표지판을 찾아보자. 당신이 필요할 때 그곳에서 당신을 기다리고 있다.

다음 표지판을 찾아보자.

11월
NOVEMBER

44th Week
그냥 내버려두기

개 한 마리가 울타리에 서서 짖고 있다면, 아마 마당에서 자유롭게 밖으로 나오고 싶어서일 것이다. 오늘 아침 내가 집에서 나올 때 본 개는 좀 달랐다. 마당에 다시 들어가려고 짖고 있었다. 쌀쌀한 아침이었는데, 그 개에게 따뜻한 불 옆에 놓인 아늑한 방석은 밤에 울타리를 점프해 뛰쳐나온 모험보다 더 유혹적이었을 것이다. 다행히도 개 짖는 소리가 들렸는지 문이 열렸고, 개는 감사하다는 듯 꼬리를 흔들며 달려 들어갔다.

어떤 이들을 당신의 삶에 다시 들이는 건, 밖에 나갔던 강아지에게 문을 열어 주는 것처럼 쉬운 일은 아니다. 만약 누군가가 반복적으로 당신에게 상처를 입혔다면, 당신은 자연스럽게도 더 고통스러울 수 있는 위험에서 나 자신을 보호해야 하므로 그 사람과의 사이에 울타리나 벽을 치고 싶어질 것이다.

이러한 극복 메커니즘은 상처 때문에 생긴다. 많은 경우 몇 년에 걸쳐 상처받은 끝에 생긴 어떤 신념체계 – 현재는 더이상 도움이 되지 않을 수도 있는 – 에 근거해 만들어진 것이다. 과 거에 겪었던 비슷한 행동에 노출될 위험을 무릅쓰는 대신, 아 예 그 사람을 멀리하려고 노력하는 것이다. 이것은 당신이 알 고 있는 것보다 훨씬 더 많은 에너지가 필요하다.

내가 호스피스 병동에서 일하는 동안 환자들이 공통적으로 했던 한 가지 후회는, 더 용감하게 자신을 표현하고 더 솔직할 걸 그랬다는 것이었다. 당신이 용기를 내서 솔직하게 표현하 는 것을 연습하면 할수록, 이렇게 말하는 것이 더욱 더 쉬워져 서 나중에는 자아가 자연스럽게 확장되는 느낌을 갖게 된다.

하지만 만약 솔직하게 표현하고도 당신이 원하는 반응을 얻 지 못했다면? 이럴 때는 이런 솔직한 표현이 꼭 상대방을 위한 것만은 아니며, 나 자신을 치유하는 수단이 된다는 점을 상기하 면 된다. 솔직한 표현을 통해 자기 자신과 상대방 양쪽의 상처 를 치유할 수 있으면 좋겠지만, 항상 그렇지는 않을 수도 있다. 어떤 이들은 그런 솔직한 표현을 받아들이기 어려워할 수 있다. 특히 그들이 과거에 한 행동이 부끄러워 아직 자기 자신을 용서하지 못했다면, 자신의 과거 행동에 대해 상세히 말하는 것 자체도 너무 어려운 일일 수 있다.

때로는 상대방에게 고통을 줬다는 사실 자체를 이해 못 하는 사람들도 있다. 그런 경우에는 그 사람에게 당신을 표현하려고 했던 욕구가 소모적으로 느껴질 수도 있다. 상대방이 얼마나 상처를 줬는지 깨닫게 만드는 게 당신이 원하는 것이기 때문이다. 상대방이 과거에 자기가 했던 말이나 행동에 대해 책임감을 느끼면, 물론 당신의 고통이 조금은 줄어들 수도 있다. 하지만 상대방이 받아들이지 못하는 상황이라면, 미련을 버리고 결국 중요한 건 그게 아니라는 사실을 기억하기 위해 많은 공감과 용기가 필요하다.

인생은 최고의 선생님이다. 그 사람은 당신에게 준 고통을 알고도 괴로워하지 않을 수도 있지만, 그의 인생에 뿌려진 씨앗이 되어 훗날 어떤 식으로든 그 대가를 받게 된다. 방범대원처럼 그 사람을 쫓아다니며 고치려고 할 필요는 없다. 인생은 모든 이들에게 과거 행동의 결과를 보여 준다.

미안하다는 말은 대단한 말이다. 수년간 받은 고통도 한순간에 치유할 수 있다. 미안하다는 말이 가장 감미로운 음악이 될 수 있다. 양쪽 모두가 성숙한 대화를 나눌 준비가 되어 있는 관계라면, 솔직함이 치유제가 되는 것은 물론, 상대방으로부터 "미안하다."라는 마법의 단어를 들을 수 있는 촉매제가 될 수 있다.

그러나, 상대방과의 관계가 쌍방향으로 성숙하고 솔직하게 대화할 수 있는 균형이 잡히지 않은 상태에서 "미안하다."라는 말을 듣기를 기다리는 것은, 최악의 시간 낭비 중 하나가 될 수 있다. 아마도 상대방은 당신에게 정말로 미안해하고 있지만, 만나서 미안하다고 말하는 대신 만남을 회피함으로써 미안함을 보여 주는 편이 더 낫다고 생각할 수도 있다. 그래서 서로에게 더 고통스러운 만남을 피하는 것이라고 말이다.

사과를 꼭 받아내야겠다는 생각을 접고 상대방이 자신의 방식대로 감정을 전달하도록 허용하면, 당신 스스로도 해방감이란 선물을 받을 수 있다. 이런 행동이 상대방의 후회를 더 잘 보여 줄 수 있다. 상대방으로부터 사과의 말을 기다리며 모든 상황을 통제하려고 들면, 기력은 소진되고 고통은 그대로 남는다.

가끔은 그냥 내버려둬 보자. 이 정도로 마음의 준비를 하려면 많은 치유가 필요하다. 상대방을 다시 당신의 삶 속으로 받아들이든지 아니면 그냥 내버려두기로 하든지, 결정은 당신이 내리는 것이다. 자신과의 싸움을 포기해도 된다. 그렇게 하는 데에 어려움이 동반되겠지만, 믿을 수 없을 정도로 아름다운 선물이 될 것이다. 당신에게 자유를 선사하는 것이다.

인생은 당신과 상대방에게 최고의 선생님이다. 하룻밤 사이에 다시 단짝으로 돌아갈 필요는 없다. 당신 마음 한편에서는 여전히 상대방을 사랑하는 마음이 있을 수도 있다. 멀리서 상대방을 지켜보며 사랑하기로 결심할지, 아니면 상대방이 당신의 현재 삶으로 다시 들어오도록 허용할지는 당신에게 달려 있다. 멀리 떨어져서 혹은 조용히 상대방을 사랑해도 된다. 또한 나 자신을 사랑하기 위해서는 상대방으로부터 떨어져 있어야 한다는 것을 알면 안심할 수 있다.

당신이 무엇을 하더라도 다시 상대방을 당신의 삶에 들이거나 아니면 보내주는 선택을 해야 하는 때가 인생에 꼭 찾아온다. 어느 쪽이든, 그러한 선택을 하려면 예전에 상대방을 막으려고 했던 만큼의 에너지를 쏟을 수밖에 없다. 확실히 힘든 일이 되겠지만, 치유와 안도의 계기가 될 것이다. 또한 당신의 고통이 당신의 삶 전체를 지배하지 못하게 되므로, 당신이 죽을 때 후회하지 않을 수 있다. 자아를 조금 내려놓고, 용서하고 연민을 가져야 한다. 그러나 무엇보다도, 그렇게 하려면 결정을 내려야 한다.

따뜻하고 편안한, 사랑하는 집으로 들어오기 위해 꼬리를 흔들고 있는 개를 집에 들이듯 타인을 내 삶에 다시 허용하게 되면, 상상하지도 못한 방식으로 안도와 감사를 느낄 수 있게 된다. 상대방이 아닌 바로 당신이 이 단순하고도 평화로운 편안함 속에서 안정감을 느끼게 되면, 갑자기 삶이 훨씬 덜 복잡하다는 느낌을 받게 된다. 때로는 투쟁에서 손을 떼는 것이 자신에게 주는 선물이며, 자기 자신을 성장시킬 수 있는 시간이다.

상대방을 당신 삶에 다시 들여보내도 되고, 그저 헤어져도 된다. 어느 쪽이든 이제는 치유할 때가 되었다. 그대로 놔두자.

선택할 수 있는 힘

우리에게는 모두 선택이라는 힘이 부여된다. 인생은 결정해야 할 것들로 가득 차 있고 수많은 선택에 따라 인생이 만들어진다. 이러한 결정들 중, 일부는 의식적인 것이지만 대부분은 무의식적인 것들이다.

무의식적이기보다 의식적으로 선택하게 되면, 그저 무의식적으로 주어진 대로 살아가는 것 없이 인생의 평정심을 유지할 수 있다. 어떤 선택을 해야 하는 상황이나 변화 자체를 피하고 싶을 수도 있지만, 삶은 항상 당신을 앞쪽으로 떠민다. 그 무엇도 과거 모습 그대로 머물러 있는 것은 없다.

그런데 강제적인 변화가 우아하게 일어나는 경우는 드물다. 그런 변화가 닥치면 당신은 선택의 여지가 없다고 느낄 수도 있다. 그러나 이전에 선택하지 않기로 결정한 것도 결국은 하나의 선택이다.

내적 성장은 삶을 이루는 한 부분으로서, 당신의 영혼과 끊임없이 다시 연결되는 과정이다. 당신이 내린 선택으로 생긴 시련에 대해 어떻게 반응할지 당신의 결정을 바꾸게 되면, 그 과정을 잘 넘길 뿐 아니라 그 과정에서 오히려 행복을 느낄 여유를 가질 수 있다.

고통의 시간이 성장의 기회임을 인정하면 고통을 줄일 수 있다. 당신은 폭풍우가 지나가기를 고대하겠지만, 대신 폭풍우가 몰아치는 동안 그 시련이 가져다주는 선물을 찾아보면서 그 상황을 조금 쉽게 넘겨 보자고 결심할 수 있다. 그 후 다시 태양이 떠오르면, 당신은 더 강해지고, 새로워지고, 자기 자신의 내면과 더욱 강하게 연결될 수 있다.

선택하는 것이 쉽다고 말하는 사람은 없다. 마찬가지로 마음의 갈망을 무시하는 것도 쉽지 않다. 마음이 원하는 바를 존중하게 되면 성장의 아픔이 있다. 하지만 그 과정에는 항상 작은 불빛이 함께하며 길을 밝힐 것이다.

당신이 어떤 선택에 직면해 있든, 당신을 망설이게 하는 건 두려움이다. 다른 사람들의 기대를 저버린 것 아닌가 하는 느껌처럼, 타인이 당신을 어떻게 생각할지가 두려울 수도 있다. 미지의 세계에 대한 두려움일 수도 있고, 실패에 대한 두려움인지도 모른다. 이상하게 들릴지도 모르겠지만 가장 큰 두려움 중 하나는 성공에 대한 두려움이다.

진정한 성공은 당신이 좋아하는 것을 하는 데에 시간을 할애할 수 있는 것이다. 혼자 할 수도 있고, 당신이 좋아하고 존경하는 다른 이들과 함께 할 수도 있다. 성공은 마음속으로 행복하다는 걸 알고, 당신이 이 세상에 존재함으로써 아무리 작더라도 세상에 뭔가 기여하고 있음을 아는 것이다. 그런 삶에 겁먹을 필요는 없다.

결국 당신은 당신이 선택한 바에 따라 살아가게 된다. 당신이 진정으로 원하는 것은 무엇인가? 당신의 마음속에서는 어떤 외침이 들리는가? 두려움 때문에 내면의 목소리를 듣지 못하고 있는 것은 아닌가? 당신의 가장 큰 꿈은 무엇이며, 무엇 때문에 당신이 그 꿈을 추구하지 못하고 있는가? 돈일까, 시간일까, 아니면 두려움일까? 두려움의 이유가 시간과 돈이 부족하기 때문일 수도 있음을 명심하라. 잘 뛰고 있던 러닝머신을 멈추고 내려와야 한다는 두려움, 부족함에 대한 두려움, 또는 삶에서 새로운 길을 찾거나 삶을 새로운 각도에서 보는 법을 알아 가야 한다는 두려움 등이다.

당신이 필요로 하는 것이 뭔지 알아내기 위해 그 분야에 대해 공부를 더 할 수도 있다. 아니면 더 창의적으로 해결책을 찾아갈 수도 있다. 또는 두려움에 정면으로 맞서 차츰 사라지게 함으로써, 두려움 대신 믿음으로 그 자리를 채울 수도 있다. 여기에 제시한 방법 모두를 사용할 수도 있다.

당신에게는 두려움이 무엇이든 그에 맞서고 극복하겠다는 선택권이 있다. 그게 무엇이 되었든 꿈을 추구하겠다는 선택권이 있다. 당신에게는 선택권이 있고, 삶은 선택을 행동에 옮기는 사람을 축복한다.

당신의 내면에서는 지금 어떤 목소리가 들려오는가?

선택은 당신의 것이다.

———•———믿음이 주는 힘———•———

나뭇잎이 거의 다 떨어져 간다. 겨울의 찬 바람이 이제 더 자주 느껴지는 계절이 되었다. 간간이 햇볕이 따뜻해 완벽한 날에는 근처 공원에 나가 낙엽을 밟으며 조깅하거나 다른 이들이 운동하고 산책하는 모습을 지켜보면서 시간을 보낸다.

공원에 앉아 있던 어느 날, 한 나이 든 남성이 길을 가로지르는 것을 보게 되었다. 양쪽 차들이 오는 것에는 전혀 아랑곳하지 않고 걸어갔다. 차들이 그의 앞에서 급정거했다. 차량 통행량이 상당히 많았지만, 그 남성은 이 세상에 나를 막을 것은 없다는 듯이 차도를 걷고 있었다.

길을 건너던 그분은 생활이 좀더 단순하고 사람들이 좀더 친절하던 때와 똑같이 행동하고 있었을 것 같다. 어쩌면 젊은 시절

255

에 길을 건너던 방식대로, 차량 운전자가 알아서 배려하겠거니 하면서 당당하게 길을 건너고 있었는지도 모른다.

나는 이 광경을 보면서 믿음의 힘에 대해 생각해 보았다. 차로 북적거리는 거리였지만 그 노인은 두려움 따위는 없어 보였다. 이 길을 건너야겠다는 생각만 하고 첫 발자국을 뗀 후 한 걸음 한 걸음 나아갔을 것이다. 그에게는 목적지로 향해 과감하게 나아갈 수 있는 자신감과 믿음이 있었을 것이다. 그렇게 그는 성공적으로 길을 건넜다.

아이들도 마찬가지다. 아이들은 자기가 원하는 것을 가질 수 있을 것이라고 생각한다. 그래서 자신이 무엇을 하든 용기 있고 과감하게 행동한다. 자신에게 용기가 있다는 건 생각조차 하지 않는다. 어쩌면 겁이 없는 것일 수도 있다. 아이를 지켜 주고 사랑하는 부모나 보호자가 지켜보고 있는 한, 아이들의 용기는 언제나 옳다. 걱정할 필요가 없다.

우리 모두는 한때 이렇게 용기 있는 아이였는데 어쩌다가 이런 어른이 되었을까? 만약 아이 때의 과감함과 용기를 어른이 되어서도 계속 갖고 있었다면, 삶을 살아가는 데 필요한 것은 반드시 얻을 수 있다는 믿음을 잃지 않았을 것이다. 그리고 실제로 그렇게 되었을 것이다.

하지만, 타인의 삶에 대한 의견을 듣거나 본 후 우리 마음속에는 두려움이 싹튼다. 세상이 그렇게 만만하지 않고 인생에 대해 가르쳐 주겠다며 속삭이는 두려움이다. 이런 관점이 마음을 지배하기 시작한다. 당신의 삶은 그렇게 바뀌고 형성되어 간다. 이것도 할 수 없고 저것도 할 수 없다는 목소리가 내면에서 들려온다. 미처 깨달을 틈도 없이 이미 과감함은 줄어들고 새로운 믿음의 체계가 당신을 지배한다. 인생은 당연히 힘들 것이기 때문에 어릴 적 그 믿음만 가지고는 삶을 헤쳐 나가는 데 충분하지 않다는 식이다.

하지만 믿음만 가지고 충분한 경우도 있다. 믿음과 함께 행동한다면 말이다. 이러면 일상에서 기적을 일구어 낼 수 있다. 매 순간 계획하지 않더라도 무언가 깜짝 놀랄 일이 일어나고 그 결과 작은 기적이 일어날 수 있다.

믿음을 갖는다고 해서 꼭 특정 종교를 믿어야 한다든지 우주 만상에 의지하거나 우리 내면의 위대한 영혼에 기대야 한다든지 등의 특정한 믿음을 의미하는 것이 아니다. 믿음이란 그저 당신 자신 안에 있기도 하고, 당신의 삶 속에 있기도 하며, 너무나 강력해서 저절로 믿음이 생기는 비전 속에 깃들어 있기도 하다.

믿음이 없으면 그 어떤 설명이나 사전 계획이 있더라도 결과가 나오지 않는 경우가 내 삶에서는 너무나 많이 있었다. 어떻게 될지 불투명하더라도 무조건 믿음을 갖고 꾸준히 다시 일어나서 밀어붙이면, 그 어떤 고난 속에서도 결과가 실망스럽지 않았다.

믿음을 단단히 유지하는 것이 관건이다. 매일 이렇게 마음을 강하게 먹을 수는 없는 법이다. 이게 시험의 일부이기도 하다. 강하게 밀어붙이고 또 굴복하는 상황이 밀물과 썰물처럼 반복된다. 강하게 마음먹은 날엔 모든 게 잘 될 것이라고 굳게 확신이 들면서 일을 밀어붙일 수 있다. 어떻게? 언제? 이런 것을 고심할 필요조차 없다. 진실한 믿음만 있다면 어떻게든 다 잘 될 것이라는 생각이 그냥 든다.

믿음이 약해지는 날에는 희망이 나를 이끌고 갈 수 있도록 최선을 다해 보자. 하지만 희망마저 사라진 날에는 어떻게 해야 할까? 그런 경우에는 그저 무릎을 꿇게 된다. 내려놓자. 좌절감을 표시하자. 그렇다고 대참사가 일어난 것은 아니지 않은가. 나는 그저 인간일 뿐이라는 사실을 인정하자. 약한 인간으로서의 당신 또한 사랑하자. 왜냐하면 당신의 내면 어딘가부터 믿음이 천천히, 하지만 반드시 되돌아올 것이기 때문이다. 힘든 시간은 지나가게 마련이고, 다시금 기운을 회복할 수 있다. 그러려면 믿음이 필요하다. 한번 믿음과 친해지면 당신에게 그 무엇보다 충실한 친구가 되어 줄 것이다.

믿음은 일종의 재능이다. 당신은 믿음이란 재능을 갖고 태어났다. 그 믿음은 좀처럼 사라지지 않는다. 당신이 구하면 언제든 돌아오는 것이 믿음이다. 믿음을 장착하는 건 일종의 기술처럼 다시 배울 수 있는 것이기도 하다. 한 번에 한 걸음씩 믿음을 강화하는 것이 가장 좋다. 스스로에 대한 자신감과 신뢰감의 폭을 더욱 넓혀가면서 믿음을 시험하기 시작하면, 그 과정에서 한 발짝 한 발짝 뗄 때마다 더욱 즐거워지고 기운이 생기면서 또다시 더 큰 용기가 생겨날 것이다.

믿음을 가지면 가능성도 더 많이 생겨난다. 해답을 꼭 찾을 필요가 없는데도 굳이 답을 찾아 헤매는 논리적인 마인드도 잠재울 수 있다. 믿음을 가지면 진정 기적이 일어나기도 한다. 당신이 기대했던 식으로 일이 진행되지 않을 수도 있지만, 결과는 더 나아지기 때문이다.

한 걸음 한 걸음 나아갈 때마다 모든 게 잘될 것이라고 신뢰해 보자. 그런 것이 바로 믿음이다.

━━━━ 자연이 일깨워 준 것 ━━━━

몇 주 전, 친구가 키우는 개를 보며 끈기란 무엇인가 상기할
기회가 있었다. 친구와 나는 빨래를 널면서 수다를 떨고 있었
다. 친구가 키우는 켈피(양치기 개의 일종) 종인 케빈이 내 발 앞
에 막대기를 떨어뜨렸다. 내가 그걸 던지자 케빈은 달려가 막
대기를 주워 왔다.

순식간에 케빈은 두 번, 세 번, 네 번 막대기 주워 오기를
거듭했다. 나는 항상 끈기에 대한 보상이 있어야 한다고 생각
하는지라 즐겁게 케빈과 막대기 주워 오기를 했다. 결국 나는
친구 베란다에서 우리가 차이티를 마실 때를 비롯해 친구 집
에 있는 대부분의 시간 동안, 케빈과 물건 던지기 놀이를 계
속했다.

그 막대기는 하도 닳아서 가느다란 나뭇가지 수준이 됐다. 그러자 케빈은 어딘가에서 테니스공을 주워 왔다. 케빈과 던지기 놀이를 할 때 어디에 던지겠다고 특별히 생각하고 던진 건 아니었다. 나중에는 그 공이 나뭇가지 사이로 쏙 들어가 버렸기 때문에, '이제 쉴 수 있겠군.' 하며 나는 마음이 놓였다. 그런데, 케빈은 또 다른 생각이 있었다.

  이번에 케빈은 아주 작은 조약돌을 물어 왔고, 다시 던지기 놀이가 시작됐다. 이 던지기는 내가 원한다면 언제든지 끝낼 수 있었다. 그러나 나는 케빈의 끈기가 존경스러웠다. 나 또한 나 자신만의 길을 만들어 가야 하는 예술가로서 끈기가 필수적이었기 때문이다. 물론 목표를 추구하는 사람에게는 나름의 밀물과 썰물이 있다. 때로는 끈기를 갖고 하던 일을 지속해야 하기도 하고, 그냥 놓아두고 기다려야만 하는 순간도 있다.

  가을이 되고 겨울이 가까워지면서 낮이 매우 빨리 짧아지고 있다. 이렇게 큰 산에 위치한 농장에서는 오후 4시 30분이 되면 해가 진다. (한 달쯤 지나면 동지가 오고, 그 후부터는 다시 날이 길어진다.) 4시 30분이 지나도 햇빛이 약간 남아 있긴 하지만, 해가 지면 가을 햇볕의 따뜻함도 함께 사라진다.

하지만 햇빛이 들어오는 각도 덕분에 그 마지막 따뜻한 볕이 베란다를 통해 바로 내리쬔다. 따뜻하게 감싸주는 햇볕이다. 어떤 장애물도 없이 바로 내리쬐는 햇볕을 만끽할 수 있다. 다른 계절에는 해가 저물 무렵 햇볕이 나무 때문에 가려지지만, 지금 이 시기의 햇볕은 웅장하고도 따뜻한 직사광선으로 내리쬔다.

이 황금빛 햇볕 사이로 날아다니는 작은 벌레들도 눈에 띈다. 얼마나 많은 생명이 존재하는지 새삼 알게 된다. 지금 이 햇빛 덕분에 볼 수 있는 것이다. 흡사 창으로 들어오는 햇빛에 공기 중의 먼지가 반짝이면서 동화 속 요정이 뿌리는 금가루처럼 보이거나, 빛의 작은 키스처럼 보인다. 이 베란다 너머 세계에 존재하는 엄청난 숫자의 다양한 종류의 곤충들이 놀라울 따름이다.

늦은 오후의 태양 속에서 이토록 풍요로운 생명들을 지켜보다 보니 이 벌레들이 실제로는 늘 날아다니고 있었다는 사실이 머리를 스쳐 갔다. 인간의 시력은 새나 다른 동물들에 비해 좋지 못하기 때문에, 보통 그 벌레들을 알아채지 못한다. 하지만 그렇다고 해서 그 벌레들이 없는 것은 아니다. 그 벌레들은 그 자리에 항상 존재했다. 정확한 타이밍, 정확한 각도(또는 관점)가 맞아야 비로소 그것들을 볼 수 있다. 빛이 제대로 들어오고 시야도 딱 맞으면, 전혀 새로운 세계를 볼 수 있는 셈이다.

우리 삶이나 꿈도 마찬가지다. 모두 딱 맞는 타이밍과 관점으로 귀결된다. 이미 존재하고 있었지만 미처 보지 못했던 존재를 볼 준비가 되면, 비로소 불이 켜지고 그걸 볼 수 있게 된다. 그동안 보지 못했다고 해서 존재하지 않은 건 아니다. 그 존재는 항상 그 자리에 있었다. 정확한 장소에서 정확한 시각을 갖고 지켜본다면, 항상 그 자리에 있던 모든 것을 알아챌 수 있다.

풍성한 아름다움으로 가득 찬 세상이다. 당신의 꿈이 존재를 드러내기 위해서는 친구네 집 케빈처럼 끈기를 가져야 한다. 또한 때로는 모든 것을 내려놓고, 새로운 각도에서 사물을 보는 시각이 필요하다.

자연은 아름다운 선생님이다. 자연을 통해 이미 알고 있던 것들을 새삼 느끼게 되지만, 어떤 교훈은 때로는 일부러 상기할 필요가 있다. 개의 끈기, 그전에는 미처 볼 수 없었던 생명의 풍성함이 그런 요소다.

당신이 무언가를 볼 수 없다고 해서 그것이 당신을 기다리고 있지 않다는 것을 의미하지는 않는다. 축복은 언제나 그 자리에 존재한다. 때때로 다른 각도에서 인생을 바라보면 그 축복을 발견할 수 있다.

12월
DECEMBER

●——바람에 실려 보내는 소원——●

민들레 홀씨를 바람에 날려 보내며 소원을 빌면 이루어질 것이라는 미신이나 생각이 어디서 나왔는지는 모르겠다. 하지만 그런 생각 덕분에 어린 시절에는 그런 홀씨가 바람에 많이 날렸었다. 아마 당신 또한 민들레 홀씨를 날린 경험이 있을 것이다.

어른이 되어도 그다지 변한 건 없다. 나는 여전히 가끔 민들레에 소원을 날려 보낸다. 바람에 소망을 날려 보내는 것은 재미있기도 하다. 어떨 때는 일시적이거나 장난기를 실은 소망을, 때로는 온 마음으로 바라고 갈구하는 바에 대한 기도를 담아 보낼 수도 있다.

어떤 이들은 행복해지려면 이러저러한 게 꼭 필요하다는 소원을 바람에 실어 보내기도 한다. 몇 년 전에 내 친구가 그렇게 했다. 그녀는 행복하기 위해 멋진 보석이 있었으면 좋겠다고 말했다. 손목과 목에 금을 주렁주렁 매다는 것이 행복의 촉매제인 셈이다. 친구는 진심이었지만, 나도 그녀도 그 답변에 웃었다. 고맙게도, 그 후 몇 년 동안 친구의 삶에 어떤 일이 생겨서 우선순위가 크게 바뀌는 교훈을 얻게 됐다. 그녀는 요즘 훨씬 행복해졌다. (아직도 많은 보석을 갖고 있지는 않지만 말이다.)

물론, 행복은 보석이라든지 그 모든 것보다 우선이다. 어떤 일이 저절로 생겨서 행복해지는 데 의존하기보다는, 외부의 상황과 무관하게 나의 내면에서 행복을 찾으면 상황과 상관없이 순조롭게 삶이 흘러가게 된다.

나는 최근에 나이가 많은 한 친구와 이야기를 나눌 기회가 있었다. 그 친구는 그 당시에는 유쾌하지 않았던 삶의 우여곡절에 대해 이야기했다. 그는 환하게 웃었다. "맞아요! 인생에서 바라던 모든 것을 얻지 못해 다행이네요. 하느님, 감사합니다!" 친구는 그때를 회고하다가, 결과를 통제해야겠다는 생각을 버렸더니 삶이 얼마나 더 흥미롭고 만족스러워졌는지를 알수 있었다고 말했다. 그가 바라던 소원이 정확히 충족되지는 않았지만, 삶은 그에게 더 멋진 놀라움을 선사할 준비를 하고 있었다.

그 교훈을 받아들이고 무슨 일이 벌어지든 당신이 더 잘 되는 방향으로 흘러갈 것이라는 믿음을 가지면, 인생은 더욱 자연스럽고 너그럽게 당신에게 긍정적인 방향으로 흘러간다. 바람에 소원을 날려 보내는 것 역시 상징적이다. 이런 상징적인 의식은 실제로 에너지를 샘솟게 만든다.

소원은 당신의 상상과는 전혀 다른 형식이나 모습으로 실현된다. 하지만 그 또한 소원이 이루어진 것이다. 그 소원이 이루어지면 당신의 마음이 갈망하던 감정, 그리고 그 이상의 결과가 오게 된다. 소원이 응답받는 순간이다. 하지만 그렇게 응답받았다는 사실을 알 수 있을까?

사람들은 정확한 결과를 통제하려고 너무 열심히 노력하는 반면, 정작 소원이 이뤄졌을 때는 그것을 인식하지 못한다. "정확히 이런 방식, 또는 저런 방식으로 이러저러한 것이 이뤄져야 한다."며 통제하려 든다면, 불필요한 고통이나 저항감, 그리고 가슴 쓰린 기분만 느낄 뿐이다. 정말 필요한 것은 상황을 수긍하고 신뢰하는 것뿐이다. 진정 필요한 것은 그것뿐이다. 때로는 힘이 필요하기도 하지만.

그러니 다음에 민들레 홀씨를 바람에 날리며 소원을 빌 일이 있다면, 소원이 나름대로의 길을 따라 나름대로의 시간에 이루어지도록 그냥 놓아두자. 소원이 스스로 완벽한 방법으로 성취될 수 있도록 하자. 그렇게 하면, 원래 당신이 원했던 방식 대신, 그 나름의 방식으로 소원이 이뤄진 것을 기뻐하게 될 것이다.

당신의 소원은 응답받았다. 그 소원은 자신만의 시간 동안 이뤄질 것이다.

인체의 경이로움

수년 동안 인체의 자연치유 체계가 얼마나 뛰어난지 여러 번 경험했다. 손을 베었을 때나, 몸이 거부하는 음식물을 배출하는 것까지, 인간의 몸이 얼마나 빨리 수리 모드로 들어가는지 모른다. 인체는 스스로 치유하고 싶어 한다. 몸 자체에 치유 능력이 있지만, 당신이 몸과 합심하여 노력해야 할 때도 있다.

내 몸은 놀라웠다. 내 몸이 신체적, 정서적 건강의 균형을 유지하고 최상의 기능을 유지하기 위해 얼마나 명확한 메시지를 내게 보냈는지 모른다. 내 몸의 충직한 친구로서 나는 몸 상태를 통해 알 수 있는 지혜와 충고를 존중하기 위해 할 수 있는 일을 한다. 아플 때 축복과 배움을 찾아보려 하고, 질병을 치유하는 과정에서 그런 안내를 받는다.

누구라도 마찬가지겠지만 각각의 몸은 다 다르고 서로 다른 필요와 생활양식에 반응한다. 25년 전, 나는 고기를 먹는 것이 내 몸(또는 나의 철학)에 맞지 않는다는 것을 깨달았다. 10년 후, 몇 달 동안에 걸쳐 유제품조차 끊었고, 채식이 내 몸의 원활한 기능을 얼마나 많이 돕는지 깨달았다. 그 후 나는 다시 예전의 식생활로 돌아가지 않았다.

그러한 생활방식이 모든 사람의 몸에 잘 맞는 것인지 아닌지 확신할 수는 없다. 그렇게 다양하기 때문에 각 개개인이 특별하고 독특한 것이다. 당신은 당신의 몸이 보내는 메시지에 귀를 기울이고 그 충고를 따를 권리가 있다. 나 또한 내 몸이 보내는 요구를 이해하게 되었고, 끊임없이 그것에 귀 기울이게 되었다. 물론 신체가 스스로 진화를 계속하기 때문에 상황도 변한다.

건강이란 가치에 줄 수 있는 가장 큰 영광은 자신의 몸이 보내는 신호에 귀를 기울이고 그 충고를 따르는 것이다. 완화치료를 받는 동안 내가 보살폈던 많은 이들은, 이전에 몸이 보내는 신호에 더 귀를 기울이지 못한 것을 후회했다. 적어도 초기 단계에는 질병의 징후를 무시하기 쉽다. 그러나 육체는 당신에게 계속 신호를 보낼 것이며, 만약 이를 듣지 않는다면, 계속 당신이 건강할 것이라는 보장은 없다.

죽음의 순간은 우리 모두에게 찾아온다. 건강을 유지하고 자신의 몸을 마땅히 존중하는 마음으로 대하자는 것이, 피할 수 없는 죽음을 부정하자는 것이 아니다. 그것은 당신이 이 세상에서 살아가는 동안 최고의 삶의 질을 유지하는 것이다. 누구나 자기 자신을 어떻게 대접할지에 대해 자유의지를 갖고 있다. 긍정적으로 대접하면 건강과 독립이란 보상이 주어진다.

치유 방법을 결정할 자유도 있다. 우리가 종교, 철학, 생활방식을 선택할 수 있는 것처럼, 자신만의 방식을 통해 교훈과 지혜를 발견하게 된다. 전혀 다른 각도에서 나온 것처럼 보이는 여러 책을 읽을 수도 있겠지만, 그 밑바닥까지 도달하면 진리는 통한다. 그 사실에 공감하게 되면, 자기 자신을 치유할 수 있는 올바른 책이나 길을 발견했다는 것을 알게 된다.

병에 걸리는 것은 흔하기도 하고, 많은 이들에게 일어나는 일이다. 그 질병을 치료하는 길은 개인의 선택이다. 신체가 질병을 통해 당신에게 메시지를 주는 와중에도 항상 축복과 같은 일이 일어난다. 모든 질병에는 감정적 치유의 기회가 있는데, 마음이 현저하게 치유되면 몸이 그 치유 속도를 따라잡을 때가 많다.

우리의 육체가 갖고 있는 자연 운영체계는 실로 놀라운 창조물이다. 1분이나 1일 단위로 몸 안에서 가능한 최선의 방식으로 일어나고 있는 모든 일을 생각해 보면 정말 대단하다.

내가 요청하지도 않았는데 폐가 숨을 쉬며 산소를 온몸으로 전달하고 있다. 내 귀로는 주위에서 새들이 지저귀는 소리를 들을 수 있다. 이럴 때 나는 내 몸이 놀랍고도 지적인 창조물이라는 점에 감사한다.

인간 육체는 얼마나 축복받은 존재인가! 그러니 잘 돌봐 줄 필요가 있지 않을까?

————— 인간에게 교훈을 주는 강아지 —————

내 친한 친구가 연인과 해외여행을 가게 되면서 친구의 강아지를 잠깐 맡아 달라는 부탁을 해 왔다. 나는 기꺼이 그러겠노라고 했다.

몇 달 전 친구가 키우는 강아지 미씨를 처음 만났을 때, 미씨는 동네 수의사의 부탁으로 친구네 집에 막 입양된 상태였다. 아주 어린 강아지였는데 예전에 심하게 학대 당한 기억 때문에 미씨는 극도의 '외상후스트레스'에 시달리고 있었다.

내가 친구 집에 갈 때마다 친구는 미씨 목줄을 조심스럽게 잡아당겨서 미씨가 내 옆으로 올 수 있도록 했다. 그렇지 않으면 미씨는 오고 싶은 마음은 있지만 무서워하면서 내게 다가오다가 다시 도망가기를 반복했기 때문에 내 옆에 오는 데 10

275

분이나 걸렸다.

일단 손에 닿을 정도로 가까워지면 미씨는 애정의 손길을 허락하고 그 애정을 그대로 흡수했다. 사실 미씨가 곁에 오면 떼어 놓기가 불가능할 정도였다. 사람에게서 떨어질 줄 몰랐다. 그렇게 사랑을 받는 동안에도 미씨는 뒷다리를 쭉 펴서 똑바로 서기를 두려워했다. 미씨의 트라우마가 심각하다는 증거였다. 사람들이 소리 지르거나 때릴지도 모른다고 예상하는 자세라고 한다. 불쌍한 미씨.

길을 걷다 점심을 먹으려고 새로운 장소에 들어가면, 미씨는 그 전에 쌓아 놓은 인간에 대한 신뢰 따위는 다 잊은 듯 행동했다. 우리가 믿을 만한 인간이라는 걸 보여 주기 위해 미씨를 토닥여 주고 미씨에게 필요한 사랑을 주었음에도 불구하고, 또 미씨도 무섭지만 사랑받으며 원하는 바를 충족했음에도 불구하고, 우리는 미씨에게 또 한 걸음씩 천천히 다가가야만 했다.

확실히 미씨가 내 친구 집에 입양된 것은 잘된 일이었다. 내 친구는 여섯 아이의 엄마였고 큰 노력 없이도 엄마로서의 에너지를 발산한다. 미씨에게는 딱 그런 집이 필요했다. 이 사랑스러운 강아지가 입양된 후 몇 달 동안, 미씨는 친구의 사랑 덕분에 조금씩 조금씩 새로운 존재로 변해 갔다. 슬프게도 트라우마는 완전히 없어지지 않았다. 대부분의 사람들과 처음 만날 때는 앞으로 나아갔다 뒷걸음치는 버릇이 계속됐다. 하지만 인간에 대한 신뢰는 나날이 조금씩 자라났다.

지난 2주 동안 매일매일 미씨와 나 사이에는 유대감이 커졌다. 미씨를 오랫동안 산책시켰고, 애정을 듬뿍 쏟았으며 내가 할 수 있는 한 최선을 다해 교감의 눈길을 보냈다. 귀여운 미씨가 겪어 왔던 고통을 생각하기조차 싫어질 정도로 애정을 쏟았다.

이제 미씨는 완전히 나를 신뢰해서 발라당 누워서 배를 쓰다듬어 달라고 한다. 서 있을 때는 조심스럽게 뛰어서 내게 다가오고 내 허벅지에 발을 올려놓고 초롱초롱한 눈망울로 나를 바라본다. 만난 후 처음으로 미씨는 뒷마당에서 뛰어놀거나 내가 말을 걸 때 꼬리를 흔들게 됐다.

미씨의 이런 변화를 지켜보며 마음이 참 따뜻해진다. 신뢰와 용기의 힘이 얼마나 큰지도 알게 됐다. 미씨는 오랜만에 만나는 용기 있는 존재다. 그렇게 큰 고통을 겪었음에도 미씨는 다시 인간을 신뢰하고, 사랑을 수용하고, 모든 사람이 자기가 과거에 만났던 사람 같지는 않다는 것을 받아들일 용기를 냈다.

개들이 자신을 키워 주는 인간에게 주는 조건 없는 사랑은 언제든 우리 모두에게 큰 교훈을 준다. 인간을 다시 신뢰하려고 노력하는 미씨를 보면서, 미씨가 인간에게 마치 선생님 같다는 생각을 해 보았다. 미씨가 인간을 다시 신뢰할 용기를 낼 때, 미씨는 미래에 어떤 일이 일어날지 생각하지 않는다. 미씨는 사랑을 받아들이고 자신의 행복을 위해 그렇게 노력하는 것이다.

과거의 기억 때문에 괴로워하고 트라우마에 시달리는 세상의 모든 사람들이 미씨처럼 다시 노력해 볼 용기를 내면 어떨까. 마음을 열고, 지금 알고 있는 사람들이나 미래에 만날 사람들이 모두 과거에 만났던 사람들 같지는 않다는 걸 알게 될 수만 있다면…….

미씨와 같은 강아지가 꼬리를 흔들고 내게 웃어 주는 과정을 지켜보는 건 즐거운 경험이었다. 상처에 시달리던 사람들이 미씨만큼의 용기와 신뢰를 갖고 자신의 삶을 바꾸어 나갈 수 있다면 좋겠다.

━━━━ 함께 노력하는 것 ━━━━

고독한 삶을 살고 있든 혼자 있을 짬을 못 내는 삶을 살고 있든, 따뜻한 마음을 갖고 모두에게 더 나은 세상을 원하는, 당신과 주파수가 같은 사람들이 있다는 것을 기억하는 건 건강한 일이다. 비록 여러분이 이 세상에서 완전히 혼자가 된 듯하거나 오해받을 때가 있을지라도 말이다. (누구라도 그런 경험을 했을 것이다.) 당신이 아는 사람이든 아니든 당신의 행복을 기원하는 친절한 영혼들이 있음을 기억하는 것은 위로가 된다.

당신에게는 공유할 만한 기술이 있다. 우리 모두 그렇다. 당신은 다른 모든 사람들과 마찬가지로 이 긍정적인 방정식에 필요한 존재다. 하지만 지원군도 필요하다. 우선 친구나 가족처럼 명백한 응원군이 있다. 목표를 달성하는 것을 돕는 스포

츠클럽에 다니는 사람이라든지, 비슷한 습관을 가진 사람들로 그 지원군을 구성할 수도 있다. 하지만 그 응원군이 확실하지 않다면 당신은 혼자서만 애쓰고 있다고 느낄지도 모른다.

그러나 어떤 성취도 완전히 혼자의 힘만으로 이루어지지는 않는다. 퍼즐 조각들은 몇 년 전부터 준비되는데, 어떤 특정인이나 일 또는 상황이 그걸 한데 모으는 역할을 한다는 것을 그걸 마주친 순간에는 상상조차 할 수 없다. 나중에 당신이 그 모든 연결고리를 돌아보면, 그것을 알았든 몰랐든 간에, 당신을 지원하는 사람들이 얼마나 많았는지를 깨닫게 된다. 때로 그들은 자신이 당신의 지원군이라는 점을 의식하지도 못한다. 본인조차 별 생각 없이 했던 어떤 행동이 당신에게 중요한 계기가 될 수 있다. 그 반대 방향도 마찬가지다. 즉, 당신은 인지하지 못하지만 이미 당신이 다른 누군가에게는 응원군 역할을 하고 있을 수 있다.

그러니 이 글을 읽는 당신에게 부탁하고 싶다. 더 나은 삶을 살아 보려는, 행복을 위해 노력하는 모든 사람들에게 호의를 베풀자. 작품을 통해 사람들을 웃게 만드는 모든 사람들과 전 세계 각기 다른 장소에서 같은 이야기를 읽고 있을 다른 사람들에게 호의를 베풀자. 단지 그런 인식만으로도 당신은 이미 세상과 서로의 삶에 더 많은 호의를 만들어 내고 있는 것이다.

좋은 일은 혼자 이룰 수 없다. 함께 노력해야 한다. 친절한 마음을 전달하려는 진심 어린 의도만으로도 엄청난 도움이 된다. 만약 당신이 자기 자신을 지지하고자 한다면, 당신에 대한 지원은 이미 세상에 존재하며 당신에게로 움직이고 있음을 믿어 보자. 하지만 당신은 먼저 그것에 대해 마음을 열어야 한다.

타인이 당신을 돕도록 허락하는 것이 어려울 수도 있다. 그러나 받는 방법을 배우는 건 상대방에게 주는 즐거움을 허락하는 것이기도 하다. 받지 않으려고 하면, 당신을 도와주려는 흐름이 차단될 뿐 아니라, 남들이 베풀 수 있는 기쁨을 부정하는 것이다. 주는 사람이라면 누구나 알지만 베풀 수 있다는 건 기쁜 일이다. 그러나 잘 베푸는 사람이 도리어 받는 걸 잘 못하는 경우도 많다.

때때로 당신은 주는 사람이 되기도, 받는 사람이 되기도 해야 한다. 모든 수준에서 협력할 수 있도록 마음을 활짝 열면, 주고받는 이 흐름이 모여 세상의 균형을 만들어 낼 것이다. 타인에게 행운을 빌어 주자. 타인의 호의를 잘 받자. 도움의 손길을 주고받아 보자. 어느 누구도 혼자서 이 모든 것을 할 수는 없다. 어느 때는 이 두 가지를 모두 배운다. 그것은 균형을 유지한다.

　불균형을 느낀 적이 있는 사람은 누구나 알고 있듯이, 균형을 유지하는 것만이 건강한 삶의 방법이다. 함께 노력하자. 우리는 모두 연결되어 있음을 기억하자. 될 수 있는 최선의 우리가 되자. 뭉치자.

더이상 걱정하지 않기

내 책상에 앉아 밖을 내다보면, 주로 눈길을 끄는 것은 먼 산이다. 하지만 내 책상과 그 산 사이에는 계곡이 있고, 더 가까운 곳에는 집 마당과 지금 마당의 모습으로 만들어 준 나무들도 보인다. 그중 하나는 뽕나무인데, 겨울이라 지금은 맨몸으로 서 있다. 봄이 오면 나무는 잎으로 무성해질 것이고, 그 후 즙이 풍부한 보라색 과실이 열릴 것이다.

다시 한번 자연은 생명이 얼마나 순환적인지를 보여 준다. 우리 인간들도 역시 삶의 계절과 함께 흐르는 것을 배워갈 때 가장 행복할 수 있는 자연의 존재들이다.

상실도 있겠지만 사랑도 있을 것이다. 아무것도 당신의 뜻대로 흘러가는 것 같지 않은 불모지와 같을 때도 있겠지만, 축복이 당신의 눈앞에 펼쳐지는 풍요로운 시간도 있을 것이다. 눈물도 있겠지만 웃음도 있을 것이다. 힘겨운 시간도 있겠지만 즐거운 휴식도 존재할 것이다. 질문도 있겠지만 해답도 있을 것이다. 포기도 있겠지만 희망도 있을 것이다.

당신이 경험하기로 선택한 삶은 당신에게 달려 있다. 당신의 현재 생각, 말, 행동은 당신의 미래를 만들어 간다. 당신이 이 사실을 의식할지 말지 선택하는 것도 당신의 결정이다. 무의식적이든 의식적이든 당신의 행동과 말이 미래를 만들어가는 작동법에는 별 차이가 없다. 당신의 생각과 말이 만들어 낸 에너지는 실제 생활에서도 그와 일치하는 상황들을 자석처럼 끌어당긴다. 의심의 여지가 없다. 당신은 분명히 당신의 삶을 만들어 가고 있다. 그러나 의식적으로 살지 그렇지 않을지의 여부가, 나중에 평화롭게 돌아볼 삶이 될지, 아니면 후회하며 돌아볼 삶이 될지를 결정하는 커다란 차이를 만들어 낸다.

이제는 진정한 당신이 될 수 있도록 허락해야 한다. 과거의 모든 조건, 고통과 성장 속에서 기다려 온 진짜 바로 그 사람이 될 수 있도록 스스로를 허락하자. 이제 당신이라는 사람이 될 시간이다. 이것의 출발점은 보다 의식적이고 애정 어린 선택을 하는 습관을 만드는 것이다.

물론 인생은 도전적이다. 당신이 얼마나 강해질 수 있는지 그 한계를 시험할 것이다. 하지만 삶은 당신에게 보상을 줄 것이다. 노력하면, 또는 노력이 부족하면 실제 결과로도 나타난다. 올바른 씨앗을 심어라. 타인에게 부드럽게 대하고 인내심을 가져라. 하지만 그 누구보다 당신 스스로에게 알맞은 씨앗을 심어라.

다른 사람들도 그들이 되고 싶어 하는 사람이 될 수 있도록 허용하라. 섣부른 판단은 쓰레기통에 던져 버려라. 수용하는 것, 그리고 소속감은 건강과 진정한 행복에 크게 기여한다. 그러니 다른 사람들도 자기 자신다워질 수 있도록 허락하고, 당신의 눈앞에서 그 사람의 진정한 모습이라는 꽃이 피는 것을 지켜보라.

하지만 가장 중요한 것은, 나 자신이 되는 것을 스스로에게 허락해야 한다. 만약 진정한 당신이 누구인지 모른다면 - 그 놀랍고 아름다운 사람의 불꽃이 막 느껴지기 시작한다면 - "나는 진정 어떤 사람으로 이 자리에 있을까?"라고 자문해 보자. 이 질문을 거듭 물어 보자. 진정한 자아의 불꽃은 한 번도 꺼진 적이 없으며, 당신이 스스로 질문을 한 번 던질 때마다 조금씩 빛을 더 발하며 더 밝게 타오를 것이다. 당신도 멋지고 놀라운 것을 즐길 수 있다. 마음이 원하는 삶을 살자. 당신 자신이 되는 것은 안전하다. 스스로를 허락하고, 감사하자. 특히 선택의 자유에 대해서.

뽕나무는 겨울이 되어 잎사귀가 다 떨어져 앙상한 가지만 노출되어 있다고 해서, 따뜻한 날에 함께 있던 새들이 보이지 않는다고 해서 걱정하지 않는다. 그저 쉬고 기다리며, 봄날이 다시 올 것을 알고, 쑥쑥 성장할 다음 계절에 대비한다. 휴식의 계절과 성장의 계절이 있다는 것을 이해한다.

그러니 더이상 걱정하지 말자. 긍정적이고 자기애가 충만하며 의식적인 선택을 하라. 부정적인 사람들에게 당신의 힘을 주어서는 안 된다. 그들에게 연민은 느끼되 긍정적이고 당신을 잘 받아주는 사람들로 구성된 부족을 만들어라. 스스로를 소중히 여겨라. 진짜가 되자. 당신의 밝은 모습을 공유하라. 그리고 무엇보다도 스스로를 웃게 하자!

인간으로서의 한계와 고난이 당신을 시험에 들게 하겠지만, 당신은 의식적으로 더 나은 삶을 만들어 가고 있다. 당신이 자랑스러워하는 삶, 타인과 자신에게 선함을 더하는 삶, 그리고 후회라는 경험으로부터 완전히 해방되는 삶이다.

행복해도 된다. 즐거워도 된다. 때가 왔다.

마치며

후회는 없다.

인생이란 의심의 여지 없이 배움의 연속이다. 사랑하는 법,
놓아주는 법, 자신과 타인을 향해 가장 친절한 방법으로 사는
법을 배우는 것이다. 많은 사람들은 인생이 돈, 권력, 성취, 무
언가를 소유하는 것을 의미한다고 생각한다. 하지만 그 사람
들조차도 삶의 끝에서 돌아볼 시간이 주어지면 다르게 생각하
게 된다.

물론 지금도 자신의 삶을 돌아보고 다시 그때로 돌아간다면
어떻게 했을지 생각해 볼 수도 있다. 하지만 인간의 삶은 일관
적이지도, 완벽하지도 않다. 유동적인 것이다. 그 안에는 행복
과 슬픔, 배움과 상실이 있다. 삶에는 진실한 완벽함도, 불완전
함도 모두 존재한다. 당신이 배우는 모든 것은 여정의 일부분
이며, 그 자체만으로 선물이다.

좀 다르게 살아 볼 걸 그랬다며 후회하는 대신, 당신이 인간으로서 불완전하다는 것을 수용하기를 선택할 수도 있다. 이것은 훨씬 더 부드럽게 삶에 접근하는 방법이다.

내 후회에 대해 이야기하자면, 젊은 시절의 내 육체를 더 존중했었어야 한다는 생각을 한다. 몇 년 동안 타인이 가한 언어적, 정신적 학대에 노출시키는 대신, 스스로를 방어하기 위해 더 자주 목소리를 높였어야 했다. 나 자신에게 더 친절하게 반응했어야 했다.

나는 훨씬 더 많은 위험을 감수했어야 했다. 거울을 보고 나 자신에게 "사랑해."라고 얼마 전에야 말해 주었는데, 훨씬 더 옛날에 그렇게 했어야 했다. 삶에 대해 "고맙다."라고 더 자주 말했어야 했다. 과거로 돌아간다면 많은 것들을 다르게 했을 것이다. 하지만 나는 그러지 못한다. 인간이기 때문이다.

과거 나의 모습을 바라본다. 그 모습을 사랑한다. 과거 나의 모습은 쇠약하고, 상처받고, 조건에 매여 있었다. 인간적으로 연민의 존재였다. 그렇게 하는 데에 후회할 구석은 없다. 사랑과 친절만이 있을 뿐이다. 후회는 매우 가혹한 판단이다. 만약 당신이 당신 스스로를 사랑하겠다고 작정한다면 후회는 굳이 필요하지 않다.

지금과 비교해 당신이 어떤 사람이었는지 돌아보고, 과거의 당신을 사랑하라. 과거 당신의 모습은 아직 당신의 일부다. 당신의 용서를 통해 치유되기를 기다리고 있다. 후회할 필요는 없다. 과거로 돌아가서 바뀌었으면 하고 바랐던 부분들까지 당신 모습 전부를 사랑하게 되면, 인간적인 당신의 모습에 더 부드럽게 미소 지을 수 있게 된다.

바로 이 지점부터 당신은 자신이 누구인지에 대한 분명한 확신을 가지고 앞으로 나아갈 수 있으며, 자신과 타인에게 좀 더 정직할 수 있는 용기를 끌어낼 수 있고, 도전적인 상황에서도 믿음과 희망을 가질 수 있으며, 공감과 감사를 통해 새로운 방향을 만들어 낼 수 있다.

후회는 고통스럽고 자기를 비난하는 것이다. 수용, 친절, 사랑이라는 출발점에서 나아갈 수 있다면 굳이 후회할 필요가 없다. 후회 없이 살고 죽는 것은 가능하다. 당신의 부드러운 마음이 기다리고 있다. 그 마음을 사랑하라.

감사의 글

여기까지 나를 인도하고 그 이상으로 이어질 내 삶의 모든 단계에 대해 감사함를 느낀다. 나는 또한 의식했든 아니든 내 여정에 영향을 준 모든 사람들에게 감사한다. 특히 나에게 힘을 주고 한결같이 애정 어린 인도하심을 통해 믿음의 힘을 가르쳐 준 신에게 감사드린다. 그리고 작가로서의 여정에서 특별한 역할을 한 사람들을 언급하고 싶다.

내 딸과 어머니에게 감사한다. 두 사람은 내가 조용히 앉아서 글을 쓸 수 있을 정도로 서로 친해졌고 서로 장난도 친다. 호주 헤이하우스 출판사의 상무이사인 리온 낵슨에게 감사드린다. 유쾌하고 독특한 그는 출판산업에 대한 멘토 역할을 해 주었다. 전 세계 헤이하우스 팀원들에게 작가로서의 여정을 지원해 준 데에 감사드린다. 사랑과 포용을 베풀어 준 친구와 가족들에게 감사드린다. 그리고 내 작품과 긍정적으로 연결되어 있는 모든 독자들에게 진심으로 감사의 말씀을 드린다. 그렇게 같은 마음을 가진 영혼들이 지구상에 있다는 걸 알게 된 덕분에 '일'이란 느낌 없이 집필할 수 있었다.

우리가 서로 연결되어 있음에 깊이 감사한다.

옮긴이의 글

이 책의 원제는 《Your Year for Change》다.

책의 저자인 브로니 웨어는 호스피스 간호사로 일하면서 죽음을 맞이하는 사람들이 삶을 회고하는 이야기를 모은 베스트셀러를 쓴 작가다. 그 후속작인 이 책은 일상생활에서 '마음 들여다보기'를 1년 동안 실천해 보도록 유도한다.

번역 후 이 책 제목을 정할 때 원제의 'change'를 '변화'로 직역해 살릴지 편집자와 토론했던 기억이 난다. 원제를 직역하면 '당신을 변화시키는 한 해' 정도였겠지만, 워낙 '이 책 하나만 보면 끝난다'는 자기계발서들이 많다 보니 목적지향적인 한국어 제목을 다는 것이 마뜩치 않았다. 책 제목은 결국 이 책의 주제를 함축하는 동시에 전작의 연장선상에서 써졌다는 의미를 담아 《지금 이 순간을 후회 없이》가 됐다.

책의 원제에서도 느낄 수 있듯, 1년 52주 동안, 1주일에 1개씩 읽을 수 있도록 구성되어 있다. 처음에는 새해 결심을 하는 독자들을 겨냥해 2019년 말에 출간됐다. 하지만 이 책은 '이렇게 하면 반드시 변한다'는 식의 재촉이 없다. 그것이 이 책의 장점이다.

책이 나온 후 코로나19 팬데믹이 전 세계를 덮쳤다. 팬데믹 이전에도 이 책의 메시지들은 울림이 있었다. 그런데 전염병으로 세상이 강제로 멈춰지면서 어쩔 수 없이 스스로 변화할 수밖에 없거나 외부 변화에 대응할 수밖에 없는 과정을 겪은 사람들이 압도적으로 많아진 2023년 말, 이 책에 있는 메시지의 울림은 더 커졌다. 코로나19가 휩쓸고 세상이 더 불확실해지면서 나 자신을 '시간을 내서' 들여다보고 돌보는 것은 너무나 중요해졌기 때문이다. 이 책은 자기 자신을 찾아가는 여정을 매일 조금씩 훈련할 수 있게 해 준다.

그런데 이 책의 메시지가 나 자신만을 향하지는 않는다. 주변에서 흔히 발견할 수 있는 자연 현상이나 먹거리, 깨끗한 물에 감사하는 에피소드 등을 통해 대자연과 환경 변화를 보는 마음가짐, 주변 이웃을 챙기는 공동체의식도 훈련하게 해 준다. '세계는 긴밀하게 연결되어 있다'는 팬데믹의 교훈과도 맞닿아 있다.

이 책을 받았을 때 가장 신기했던 것은 아무 책장이나 펼쳐도 가슴에 콕 박히는 문장이 나온다는 것이었다. 다시 펴낸다는 말을 듣고 오랜만에 책장에서 책을 꺼내 눈을 감고 책을 펼쳤다. "비현실적 기대에 압박당해 살아가기보다는 스스로에게 휴식을 주는 게 필요하다." 세상에. 지금의 내게 꼭 필요한 말이다. 다시 한 번 책을 펼쳤다. "더디지만 자기 자신을 존중할 수 있을 때 비로소 타인도 당신을 올바르게 대할 것이다." 이렇게 몇 번의 '랜덤 책 펴기'를 해도 지금의 나에게 필요한 말이 나오는 책, 그게 바로 《지금 이 순간을 후회 없이》다.

지금 이 순간을 후회 없이

초판 1쇄 발행일 2019년 11월 29일
2판 1쇄 발행일 2023년 12월 30일
2판 2쇄 발행일 2024년 04월 15일

지은이 브로니 웨어
옮긴이 홍윤희
펴낸이 박희연
대표 박창흠

펴낸곳 트로이목마
출판신고 2015년 6월 29일 제315 – 2015 – 000044호
주소 서울시 강서구 양천로 344, B동 449호(마곡동, 대방디엠시티 1차)
전화번호 070 – 8724 – 0701
팩스번호 02 – 6005 – 9488
이메일 trojanhorsebook@gmail.com
페이스북 https://www.facebook.com/trojanhorsebook
네이버포스트 http://post.naver.com/spacy24
인쇄 · 제작 ㈜미래상상
디자인 달 **DAL** Design Across the Line

한국어판 저작권 ⓒ 트로이목마, 2019, 2023
ISBN 979-11-92959-23-8 (03840)